KB132013

아이언 위도우

죽음을 삼킨 여자 2

쟈오 재이 시란 지음 | 심연희 옮김

arte

"내가 이름도 없는 한낱 숫자로 지워지지 않고
살아남아 이 이야기를 쓸 만큼 강하게 크기까지
옆에 있어 주었던 레베카 쉐퍼에게 바칩니다."

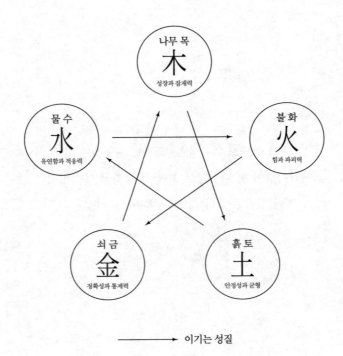

이기는 성질

이 책에는 폭력과 학대, 자살 충동, 성폭력에 대한 언급(실제 상황에 대한 묘사는 없습니다), 알코올 중독, 고문 등의 장면이 포함되어 있음을 알려드립니다.

본 소설은 역사 판타지나 대체 역사물이 아닙니다. 중국 역사의 문화적 요소에서 영감을 받아 창조한 이야기로, 완전히 다른 세계를 배경으로 한 미래의 시점을 그려냅니다. 또한 이 책에 등장하는 역사적 인물은 전적으로 다른 환경에서 다시 상상하여 창조된 캐릭터입니다. 특정 시대를 정확하게 서술하는 것은 이 책의 목적이 아닙니다. 따라서 역사적 인물을 다시 상상하는 과정에서 가족 관계나 작중 인물 간의 나이가 바뀌는 등, 창작의 자유에 기반해 수많은 변형이 이루어졌습니다. 실제 역사에 대해 알고 싶다면 역사책을 참고해주시기 바랍니다.

제3장

WAY OF THE SNAKE
뱀의 길

산파사는 능히
코끼리도 삼킬 수 있으나,
다 먹고 뼈를 뱉어내기까지는
삼 년이 걸리느니라.

《산해경(山海經)》

제29장

영원한
평화의 도시

나는 수많은 꿈 사이를 유영했다.

저리 가. 덜덜 떨며 흐느끼는 소녀에게 내가 말했다. 옷이 피에 흠뻑 젖어 있었다. 내 손에 들린 도끼에서도 피가 뚝뚝 떨어졌다. 재를 삼킨 듯 목소리가 갈라져 나왔다. 소녀가 보이지 않게 되었을 때에야 나는 시체들을 사이에 두고 핏물로 가득 찬 웅덩이에 주저앉아 몸을 떨며 흐느꼈다. 붉게 물든 타일 위로 도끼가 쨍그랑 떨어졌다.

하지만 곧 다시 도끼가 필요해지겠지.

내게 다가오는 피할 수 없는 상황에 안간힘을 써 저항했다. 그런 일이 일어나는 걸 보고 싶지 않았다. 하지만 도망치는 순간 새로운 악몽이 시작됐다.

철창 뒤에서 들려오는 싸움 소리. 노역으로 심하게 상한 손가락들.

나는 덜덜 떨리는 손으로 몸에 새로 난 실밥 자국을 만져보았다. 장기를 빼앗긴 충격에 두 귀가 먹먹하고 머리는 멍해졌다. 등에는 화상 자국이 생겼다. 새로운 화상에 나는 엎드린 채로 열에 들떠 신음했다.

그 순간, 장밋빛 뺨의 소녀가 나타났다. 그 애는 나와 함께 반짝이는 얼음판을 돌면서 우아한 싸움의 형태를 가르쳐주었다. 우리의 팔과 손바닥이 서로의 움직임을 부드럽게 비껴갔다. 다리는 얼음 결정을 흩뿌렸다. 우리 뒤로 발자국이 나선형을 이루며 따라왔다. 그 애가 보이는 달콤한 미소 뒤에는 죽음이 숨어 있었다.

그녀는 죽음을 이기지 못할 것이다. 이건 집행유예에 불과하다.

공포가 날카롭게 나를 덮쳤다. 내 안의 모든 것이 그만하라고 비명을 질렀다. 어떤 일이 벌어질지 알게 되기 전에 그 애에게 당장 사라지라고 소리쳤다.

꺼져! 꺼지라고!

거기 들어가지 마—.

제발—.

"그 애들 목숨을 짓밟고 살아남아 이뤄야 했던 게 대체 뭐냐고!"

나는 내 목소리에 움찔 놀라며, 내 것이 아닌 기억을 잘라냈다.

깜빡깜빡 눈꺼풀을 떨며 시야에 현실을 담았다.

아이오딘과 살균 화학 약품 냄새가 날카로운 겨울 공기처럼 코를 파고들었다. 손 아래로 하얗고 거칠거칠한 시트가 잡혔다. 나는 황급히 주위를 둘러보았다.

그러다 침대 옆의 광경에 놀라 몸이 굳었다. 아직 꿈을 꾸고 있나?

의자에 앉은 이치와 세민은 벽에 등을 대고 서로에게 기댄 채 잠들어 있었다. 이치는 세민의 어깨에 머리를 기댔고, 세민은 이치의 머리에 자기 머리를 얹고 있었다.

둘은 손을 맞잡은 채였다. 다리도 딱 붙어 있었다.

"어…….."

입을 열었지만 내 목소리는 현실에 존재하지 않는 것처럼 아득하게 들렸다. 모든 게 흐릿하고 둥둥 뜬 느낌이었다. 언제부터 이 육체로도 고통을 느끼지 않게 됐지?

두 사람이 동시에 눈을 뜬 순간은 그때였다.

"측천아!"

이치가 깜짝 놀라 벌떡 일어났다. 그러곤 세민의 손을 얼른 놓고 내 손을 잡았다.

세민도 거의 동시에 의자에서 일어났다. 그는 입을 열어 무어라 말하려다가 그대로 멈추었다. 누구를 봐야 할지 정하기 힘든 듯 시선은 나와 이치를 번갈아 향했다.

세민을 바라보자 다시 공포가 닥쳐왔다.

조금 전, 꿈이라고 생각했던 것은 꿈이 아니었다. 그건 세민의 기억이었다. 전투 연결을 통해 세민의 기억이 내 머릿속에 흘러들었던 것이다.

그 사실을 깨닫자 더는 그와 눈을 마주치기 힘들었다.

"있잖아."

나는 다른 생각을 하려 이치에게로 시선을 돌렸다. 그리고 얼굴을 찌푸리며 힘겹게 물었다.

"무슨 일이 있었던 거야?"

나는 죽음의 문턱에서 살아 돌아왔다. 갈비뼈 세 개가 부러지고 신장이 파열되었다. 주작의 화형(火刑) 아머는 신체 보호 능력이 매우 떨어졌지만 총알이 몸을 관통하는 것만큼은 막아주었다. 다른 크리살리스들이 전쟁터에서 주작을 끌고 나온 후 의사들은 총알을 제거했다. 그 후로 이틀 동안 나는 개황 망루의 의무실에서 요양 중이었다. 고통을 느끼지 않은 건 의사들이 처방한 진통제 덕분이었다. 약 효과가 얼마나 대단하던지 진통제 없는 삶으로 돌아가기가 무서울 지경이었지만, 이치는 어두운 목소리로 진통제를 더는 복용하지 않는 게 좋겠다고 속삭였다. 진통제에 중독되면 이세민을 술로 조종했던 것처럼 군대가 나를 조종할 수 있다는 게 그 이유였다.

나는 이치의 충고를 받아들였다.

우리가 벌인 지난 전투의 피해는 다음과 같았다. 군인 사망자 둘, 신체가 절단된 공작급 크리살리스 하나, 트라우마에 빠진 조종사 형천. 같이 탔던 첩 조종사 역시 깨어난 다음 큰 충격을 받았을 거다.

그렇게 얻어낸 것은 귀족급 혼돈의 껍데기 열두 점. 하나같이 크리살리스로 개조하거나 신들에게 바칠 만큼 멀쩡한 수준이라 다른 용도로 활용 가능한 기 금속이었다. 이것은 세민과 내가 영웅형을 안정적으로 유지할 수 있다는 확실한 증거였다.

우리를 두고 대립을 보였던 전략가들의 의견이 이제 어떻게 달라질지 상상이 되지 않았다.

단 한 가지 후회스러운 점은, 내가 개황 망루를 파괴하려 했다는 것이다. 우리는 주작의 행동에 대량 살상의 목적이 없었다고 열심히 해명했고, 다행히 그 과정에서 사마의는 큰 힘이 되어주었다. 이치를 전투 상황실에 들여보내 우리에게 말을 할 수 있게 허락해 준 것도 사마의였고, 우리에게 다른 이를 기 충전 배터리처럼 사용할 수 있다고 알려 준 것 역시 사마의였다. 보통 제3자의 기가 추가되면 조종사 간 불협화음이 생기기 때문에 역사적으로 성공률이 무척 낮은 방법이었지만, 그래도 전례가 없는 것은 아니었다. 아무튼 우리가 어떻게 성공할 수 있었는지는 아무도 밝혀내지 못했다.

물론 다른 전략가들이 이 말을 믿었다고는 생각하지 않는다. 하지만 중요한 건 그게 아니니까.

정말 중요한 건 우리가 너무 빨리 비행하는 바람에 카메라 드론이 뒤처졌고, 덕분에 이치가 만리장성에 도착해 우리와 만난 다음부터만 촬영이 진행되었다는 점이다.

또 한 가지는 고구가 새로이 전개된 국면에 아주 감격했다는 것이다. 그는 이제 충분한 양의 뇌물을 먹여 성현들에게 승인을 받았고, 언론 활동을 논의하기 위해 우리를 공식적으로 화하의 수도인 장안에 초청할 것이라고 했다. 내가 회복하는 대로, 그리고 우리 둘이 소

진한 기를 다시 모으는 대로 국경 지역을 떠나도 안록산은 막을 구
실이 없게 되었다.

저 멀리서 장안의 불빛이 희미하게 보이나 싶더니, 이내 불빛으로
방향을 감지하는 게 의미가 없어졌다. 도시는 별빛보다 더욱 환하게
빛나고 있었다. 아니, 저게 도시가 아니라 별빛인가? 갑자기 시야가
확 뒤집힌 느낌이었다. 순간 머릿속에 공포심이 들었다. 내가 잠시
조는 동안 우리를 태우고 하늘을 가르던 호버크래프트가 거꾸로 뒤
집힌 건 아닐까, 그래서 지금 우리는 곤두박질쳐 죽기 일보 직전인
건 아닐까 하는 생각이 들어서였다. 나는 몸을 들썩이며 세민의 손
을 꽉 잡았다. 속으로 죽고 싶지 않다고 비명을 지르면서.
그러다 이치와 눈이 마주쳤다. 그는 바로 우리 맞은편에 안전벨트
를 하고 앉아 있었다.
"측천아, 그렇게 잡으면 손이 아플 거 같은데."
이치는 어색한 미소를 지으며 말했다. 호버크래프트의 회전 날개
가 쿵쿵대며 빠르게 돌아가는 소리가 너무 커서 대화하기 위해서는
헤드셋을 써야 했다.
"난 괜찮아."
세민은 나직이 신음하며 말했다.
"미안해."

나는 얼굴을 붉히며 손을 놓았다.

고구가 우리를 태워 가기 위해 보낸 자그마한 전용 호버크래프트 주위로 바람이 울부짖으며 스쳐갔다. 창밖으로 지나가는 구름은 밤 하늘에 금기처럼 창백한 색을 흘렸다. 불안한 마음을 잠재우기 위해 애써 바깥 풍경에 눈길을 주었다. 이러면 세민도 이치도 마주 볼 필요가 없으니까. 전투 전 세민에게 했던 입맞춤의 감촉이 아직도 입술에 남아 있었다.

이치에게는 말하지 않았다.

말해야 하나?

사실 말할 의무는 없다. 이치는 만리장성에 발을 디딘 순간부터 내가 영원히 세민에게 묶여버렸다는 현실을 감당해야 한다는 걸 알고 있었다.

그럼에도 나와 세민을 바라보는 이치의 허망한 눈빛을 무시할 수 없었다. 내가 그를 보고 있지 않다고 생각할 때마다 나에게 향하는 이치의 눈빛을. 이치에게 말해 준다면 상황이 더 나아질까, 아니면 나빠질까. 모르겠다.

윽.

도시의 풍경이 시야에 들어온 순간, 나는 정신을 놓았다.

어지러웠던 머릿속이 빠르게 정리되면서 놀라움이 대신 그 자리를 차지했다.

호버크래프트가 만리장성으로 향했던 때와는 완전히 달랐다. 그때는 어둡고 황량한 철제 우리에 앉아 있었다. 아주 시끄럽고 불안정한 상태로.

하지만 지금은 크리살리스를 조종하는 수준과 동등한 초월적 위치에 앉은 것이다.

이윽고 어지러운 네온사인이 달린 높다란 건물이 빽빽이 모습을 드러냈다. 불빛과 홀로그램으로 뒤덮인 금속과 콘크리트 건물이 숲처럼 펼쳐졌다. 사람들과 각종 이동 수단들이 적혈구처럼 건물 속 흐름을 따라 점점이 이동했다. 봐야 할 것이 너무 많아서 나도 모르게 유리창에 가까이 몸을 붙였다.

도시란 이렇게 생겼구나.

어떤 빌딩들은 옆면 전체가 광고판이었다. 위강(江)은 짙은 색 뱀처럼 도시를 구불구불 관통하며 반사되어 구부러진 빛으로 반짝였다. 장안을 한, 진, 수, 당 지역과 나누는 두 산맥 사이로 인간이 이룩한 찬란한 문명의 증거들을 수없이 목격할 수 있었다. 화하의 심장부인 이곳은 독립적인 행정 구역이었다.

두 눈에 비치는 광경에 압도된 나머지 이치가 장안에 대해 해준 얘기를 억지로 떠올려야 했다. 저 모든 건 소녀들이 썩어가는 전족 위에 신는 향기로운 비단 신처럼 겉만 번드르할 뿐이라는 말이었다. 대다수의 장안 사람들은 먹고살기 위해 매일같이 고달프게 일해야 한다. 이곳의 아파트는 한 사람이 겨우 잘 수 있을 만한 공간으로 나뉘어 말 그대로 가축우리나 다름없지만, 그럼에도 천문학적인 가격에 팔리고 있다. 우리가 만리장성에서 지냈던 크기의 스위트룸이 이곳에선 열두 명이 부엌과 화장실을 공유하며 살 집이었다.

화하에서 가장 안전한 지역에서 살고 싶어 하는 이들의 경쟁이 만들어낸 상황이었다. 그것도 화하 인구의 5분의 1에 해당하는 6백만 명 이상이 참여하는 경쟁. 장안 사람들은 집세 때문에 괴로워할지는 몰라도, 혼돈의 침공은 걱정하지 않고 산다. 그러니 장안이 '평화의 도시'로 여겨지는 건 어느 정도 합당하다.

불쑥 이런 생각이 들었다. 이 도시는 인류가 이뤄낸 가장 큰 성취가 아니라, 우리가 회복해 낸 성취였다. 2천 년 전, 혼돈이 침략하기 전의 세상을 상상하려니 본능적으로 속이 뒤틀렸다. 그때는 이보다 훨씬 더 높은 건물이 있었겠지. 신들에게도 무관심할 수 있을 만큼 발전한 기술이, 다시 돌이킬 수 없는 수천, 수만 년의 역사가 있었겠지.

나와 세민이 혼돈에게 쓰레기처럼 던져진 것을 생각하자 다시금 분노가 치밀었다.

이치가 앞에 보이는 성현궁을 가리켰다. 성현궁은 산을 등지고 지어진 기와지붕 저택과 사원의 복합체다. 도시를 굽어보는 곳에 자리 잡은 성현궁에는 화하 정부가 있다. 나는 씨근대며 그곳을 바라보았고, 저곳에서 성현의 의장인 공자와 접견할 수 있으면 좋겠다고 생각했다. 하지만 필히 지켜야 할 칙령이 있었다. 성현들은 수-당의 고위급 전략가 전원이 만장일치로 동의할 때만 반격을 승인할 거란 내용이었다.

위험성을 따져보면 불합리한 것은 아니었지만, 안록산이 그렇듯, 권력을 가진 사람이라고 해서 선한 마음을 품고 일하지는 않는다.

좋아. 저렇게 나온다면 우리도 힘을 쓸 수밖에 없지.

세민도, 또 나도 우리 존재를 용서해 달라고 비는 건 진절머리 나니까.

호버크래프트는 다른 산에 지어진 고씨 가문의 저택 비행장에 착륙했다. 성현궁에도 비할 수 있을 만큼 복잡한 곳이었다. 물론 성현궁은 이곳처럼 음악이 쿵쿵대거나 조명이 사방을 현란하게 비추지는 않겠지만 말이다.

호버크래프트의 문이 옆쪽에서 열렸다. 처음으로 들이마셔 본 도시의 공기는 너무나 텁텁했다. 그 사이로 소란스러운 연회의 소음이 들려왔다. 심장 박동처럼 산 전체를 울리는 둔탁한 전자 비트에 아스라한 목소리와 웃음소리가 섞여 있었다. 이치의 말에 따르면, 장안의 내로라하는 사람들은 모두 오늘 밤 우리를 보러 왔다.

호버크래프트의 날개가 서서히 회전을 멈췄고 화려한 비단 옷자락을 나부끼며 하녀들이 입구로 허둥지둥 달려왔다. 그들은 떨리는 목소리로 인사했다.

"다섯째 도련님 오셨습니까."

헤드셋을 벗은 이치는 부드러운 미소를 지으며 고개 숙여 마주 인사했다. 이치의 어머니도 원래는 이들 같은 하녀였다. 고구는 이치의 어머니가 임신한 뒤 그대로 그녀를 잊어버렸다. 그러다 후에 성현들을 위해 연 잔치 자리에서 열과 성을 다해 웃지 않았다는 이유로 그녀를 채찍질해 죽여버렸다.

누구도 넘볼 수 없는 고구의 권력을 보여주는 증거들이 사방에 널려 있었다. 구역질이 치밀었다. 내가 바라는 것을 얻기 위해 의지해야하는 게 이런 사람이라니.

그럼에도 부정할 수 없는 사실. 세상을 움직이는 건 바로 이런 부류의 사람이다.

하녀 중 하나가 휠체어를 우리 쪽으로 밀고 왔다. 부상 때문에 일어서기 힘든 나를 위한 것이었다. 세민이 도와주려고 내 허리께에 손을 두르려 했다. 나는 어쩔 수 없이 도움을 받았다. 이치는 호버크래프트에서 내려 하녀에게 휠체어를 넘겨받았다.

좌절감이 내 속에서 똬리를 틀었다. 이들에겐 내게서 무언가를 얻어내거나 나를 자기들에게 단단히 묶어두려는 사악한 의도가 없다. 그 점을 알기에 나는 저항하지 않았지만, 이 세상이 내 힘으로 직접할 수 있는 영역을 자꾸만 빼앗아가는 게 싫었다. 내 삶에 이치와 세민을 들여야 한다는 게 싫었다. 둘 중 하나는 내가 사랑하는 소년이고, 또 한 명은 내게 꼭 필요한 반려라 해도 말이다. 두 명의 남자에게 의지하면서 어떻게 스스로 강한 여자라고 말할 수 있나?

하지만 달리 어쩌겠는가. 저들에게 거리를 두고 혼자 고집스레 행동하다가 죽거나 다치는 것 역시 현명한 방법은 아니다. 뭔가를 혼자해냈다고 해서 그게 당연히 고귀하고 존경받는 행동이 되는 게 아닌 것처럼.

전동 휠체어는 제어봉으로 쉽게 작동시킬 수 있었다. 하녀들은 우리를 높다란 건물에 둘러싸인 정원으로 안내했다. 사진으로 이미 고씨 가문 저택을 본 적은 있었지만 실제로 보니 새삼 놀라웠다. 한 가족이 사는 집이라기보다는 마치 작은 마을 같았다.

내 얼굴을 스친 산들바람에 해조류의 내음이 실려 왔다. 그 향기를 맡으니 우리 동네의 계단식 논이 떠올랐다. 앞에 보이는 수련 연못에는 색이 바뀌는 등불이 켜졌고, 연못 위를 반으로 가르는 다리가 음양의 상징처럼 구불구불한 형태로 놓여 있었다. 연회에 참석한 이들은 고맙게도 우리 앞에 불쑥 다가오지 않고, 건물을 빙 둘러 설치된 발코니에 삼삼오오 모여 있었다. 건물 층층이 불꽃 모양 머리 장식과 기와가 달린 새빨간 기둥이 높다랗게 솟아 있었다. 전통적인 붉은 등이 처마마다 매달려 있었지만, 그보다는 열린 문과 창호마다 고동치는 네온 불빛이 더 화려하게 빛나면서 오가는 사람들을 번뜩이며 비추었다. 네모꼴로 보이는 안뜰의 별빛 가득한 하늘에 음악이 울려 퍼졌다.

정말 놀랍게도 연회 참가자 중 일부는 어깨와 팔, 더러는 가슴께에 그물망 소재의 기 아머 조각을 걸치고 있었다. 나는 이제껏 조종사만이 기 금속을 착용할 수 있고, 그와 관련해 아주 엄격한 규정이 존재한다고 생각했다. 심지어 세민과 나는 이번 여행에서 아머를 가져갈 수 없다고 금지당하기도 했다. 하지만 부자들은 법을 무시해도 되나 보다. 뭐, 사실 기력이 아주 낮은 사람에게는 기 금속이 그다지 위협적인 물건이 아니기도 하다. 그저 음악에 맞추어 그들의 기가 금속과 희미하게 반응하는 것 외에는 아무런 효과도 내지 못하는 것 같았다.

우리가 가까이 다가가자 사람들의 목소리가 잦아들었다. 카메라만이 계속 플래시를 터뜨렸을 뿐, 이제껏 활기찼던 연회의 분위기는 찬물을 끼얹은 듯 고요해졌다.

모두 우리를 빤히 바라보았다. 머뭇거리는 남자들의 얼굴과 베일로 반쯤 가린 여자들의 얼굴 위로 네온 불빛이 현란하게 움직였다.

나 역시 어쩔 줄 몰라 멈춰 섰다. 다시 바람이 우리에게 불어왔다. 이번에는 톡 쏘는 술 향기가 났다.

세민은 내 어깨를 꽉 잡았다. 나는 그 손길을 잠자코 허락했다.

"어서 오시오!"

낮고 탁한 목소리가 스피커에서 울려 퍼졌다.

목소리의 주인공은 안뜰 건너편 건물의 꼭대기인 3층에 있었다.

"이 자리를 빛내준 귀한 손님들께 철의 악마 이세민과 철의 미망인 무측천을 소개하오!"

고구는 두 팔을 옆으로 들었다. 뒤로 열린 문의 환한 광채를 배경으로 한 그의 모습은 거의 윤곽으로만 식별할 수 있었다. 머리에 올린 청동 상투관은 본인의 머리만큼이나 높았다. 소맷자락은 팔에서부터 뻣뻣하게 각을 이루며 늘어졌다. 그의 양옆으로 하녀들은 고분고분한 인형처럼 줄지어 고개를 숙이고 서 있었다. 다들 소녀처럼 양 갈래로 머리를 땋고 고리로 만들어 고정한 모습이었다.

연회 참석자들이 환호하자 혐오감이 내 속을 뒤집어 놓았다.

"아버지."

이치가 두 손을 모으고 절했다. 그건 나와 세민에게 같이 절하라는 신호이기도 했다.

"고 대인."

세민과 나는 절하며 인사했다. 하지만 주변이 너무 시끄러워서 고구가 우리의 말을 들었는지는 알 수 없었다.

"나라를 위해 복무해 주어 고맙소, 조종사들이여!"

"나라를 위해 복무해 주셔서 감사합니다!"

연회 참석자들도 갑자기 우리를 칭송하기 시작했다. 그렇게 해도 된다고 고구가 일종의 허락을 한 셈이었다. 아름다운 예복을 걸친 사람들이 반쯤 그림자 진 모습으로 서로 몸을 맞대거나 발코니에 기댄 채 청동 술잔을 들어 올렸다. 귀족 여성들은 정교한 청동 귀걸이에 얇은 베일을 걸어 얼굴을 가리고서 금속 빨대로 술을 홀짝였다. 이들은 공공장소에서 얼굴을 드러낼 수 없다고 들은 적이 있었다.

"그리고 이 사람은 나의 아들이자 영웅이지. *폭풍의 도련님!*"

"*폭풍의 도련님!*"

새로운 호칭은 앞으로 이치가 그저 다섯째 도련님만으로 남지 않으리라는 것을 의미했다. 일렁이는 연못의 불빛에 비쳐 보이는 이치의 눈이 한껏 커져 있었다. 손으로는 소매 끝을 하릴없이 주물러댔다.

고구는 이치가 지닌 스타성을 놓치지 않기로 한 것 같았다. 이치의 사진 한 장이 엄청나게 입소문을 탔기 때문이다. 머리카락을 휘날리며 눈과 경혈이 찬란한 금빛으로 물든 이치가 번개가 치는 가운데 주작의 부리에 손을 얹었던 모습이 그대로 사진에 찍혀 있었다. 화하에서 가장 강력한 요새 꼭대기에 서서, 화하 최대의 희망인 거대 크리살리스에게 힘을 주는 용감한 인간 소년. 모두를 열광시키기에 전혀 부족함이 없는 장면이었다.

고구는 곧바로 그가 자신의 아들이라고 밝혔다. 그는 이치가 평소 즐겨 입던 대나무 무늬 의복 대신 황금 번개를 수놓은 옷을 우편으로 보냈을 정도로 적극적이었다.

고구는 참석자들에게 말했다.

"내 손님들께선 잠시 나와 짧은 회의를 한 후에 연회에 참석할 것이오. 그때까지는 화하에서 가장 맛 좋은 음식과 술을 즐기시길 바라오!"

목이 터져라 환호하는 소리가 밤의 공간에 밀려들었다. 누군가 폭죽에 불을 붙였다. 폭죽이 터지는 소리가 귀를 때렸고 연기가 안뜰을 가득 채웠다. 불꽃이 휘익 소리를 내며 밤하늘 위로 솟아오르더니, 별빛 사이로 혼돈의 핵처럼 폭발했다.

하녀들은 앞장서서 연못의 구불구불한 다리를 건넜다. 나는 다시 휠체어를 작동시켰지만, 이치가 뒤에 달린 손잡이를 잡고 있었다.

그는 아무 말도 하지 않았지만 그 눈빛에 서린 다급함을 읽을 수 있었다. '우리 아버지를 조심해.'

제30장

거래

　내 생각은 착각이 아니었다. 고구는 중앙사령부의 전략가들처럼 불타는 정의감으로 우리를 도우려는 게 아니다. 그가 우리를 살리려고 뇌물을 준 것은 우리의 유명세를 이용해 이익을 얻기 위해서일 뿐이다. 하지만 우리를 국경 지방에서 빼내는 데는 꽤 많은 돈이 들었을 것이다. 고구는 이제부터 우리가 벌어들이는 돈은 모두 군대와 성현들의 반격을 부추기는 데 쓰일 거라고 말했다. 앞으로 기존의 재산에서는 단 1원도 뇌물로 낭비하지 않을 작정인 모양이었다.

　거기에는 안록산처럼 아무리 돈을 많이 써도 우리 편으로 매수할 수 없는 핵심 세력이 있다. 하지만 고구의 연줄이 범죄의 영역까지 뻗어 있다는 사실 역시 이미 공공연하게 알려져 있었다. 나는 그가 훨씬 더 예리한 설득 방법을 생각해 뒀을 거라 믿었다.

하지만 그에게도 나름의 기준이 있겠지. 그가 지닌 음지의 연줄까지 동원해야 할 정도로 세민과 내가 가치 있는 존재라는 걸 납득할만한 확고한 기준이. 그러니 우리는 스스로 그에게 귀한 자산이라는 걸 증명해야 한다. 그 말은 곧 고구가 최대한 많은 돈을 벌 수 있도록 우리의 이미지를 재창조하는 데 절대적인 권한을 쥐여주어야 한다는 뜻이기도 했다.

"두 분에게선 엄청난 스타성이 느껴진다오."

고구는 금장식을 단 긴 젓가락을 빙빙 돌렸다. 김이 모락모락 나는 산해진미가 가득 차려진 둥근 식탁 맞은편에서 그는 우리를 마주 보고 앉아 있었다. 별실의 조각목 벽 사이로 꿀처럼 부드러운 빛이 비쳐와 고구의 이목구비에 스며들었다.

이치가 온몸으로 암시하는 뜻을 알아들었기 때문에, 내 등줄기에도 바짝 힘이 들어갔다. 고구의 목소리에는 이치와 똑같은 억양이 있었지만 나이 때문인지 목소리가 좀 더 깊었다. 갸름한 얼굴형도 같았다. 다만 고구는 턱수염이 회색이고 피부가 매끈하지 않았다. 이치도 앞으로 고구의 모습처럼 바뀌겠지. 아니, 한때는 고구도 이치처럼 상냥하고 부드러운 인간이었을지도 모른다. 이치를 볼 때마다 나는 그 점이 가장 무서웠다.

이 세상은 그 어떤 존재도 괴물로 만들 수 있다.

"이세민."

고구는 금색 식탁보에 팔을 괸 채 손가락으로 광택이 나는 검은색 가죽 재질 명품 예복을 걸친 세민을 가리켰다.

"당신의 이미지 브랜딩을 다시 할 필요는 없을 것 같소. 당신은 누구든 홀려버리는 나쁜 남자니까. 궁극의 알파 남성이랄까. 다른 사람들이 뭐라든 상관없이 자신만의 규칙에 따라 사는 남자 말이오. 그래서 당신이 이토록 멋진 거지. 남자들은 당신처럼 되고 싶어 하고, 여자들은 당신이 지켜주는 상대가 되길 꿈꾸고."

"음, 그렇군요."

세민은 간단히 대꾸했다.

세민의 시선은 나나 고구에게 향해 있지 않았다. 심지어 우리 앞에 놓인 태블릿에 띄워진 계약서 초안을 보고 있는 것도 아니었다. 음식을 올려둔 회전 테이블 위에서 반짝이는 크리스털 술병을 보고 있었다. 식탁 아래로 내가 꽉 잡고 있는 그의 팔이 부르르 떨렸다.

공허한 웃음이 밖으로 나오지 못하고 가슴속에 묻혔다. 고구가 만들어낸 세민의 이야기를 사람들이 얼마나 좋아할지는 뻔했다. 사람들은 강한 남자라는 이미지와 아름다운 그의 외관에만 관심을 기울일 것이다.

고구는 내 쪽으로 손가락을 빙그르르 돌렸다.

"무측천."

그는 내 이름을 새로 찾은 대단한 별미라도 되는 양 발음했다.

"오, 무측천. 갑자기 그 양광이란 놈을 날려버리고 폭죽처럼 펑 하고 터지며 나타나다니. 어쨌든 아주 환상적인 등장이었소. 난 그 순간을 머릿속에서 지울 수가 없단 말이지. '이제는 악몽을 꿀 시간이야!'"

28

그는 으르렁거리는 목소리로 내 흉내를 냈다.

하아. 카메라 드론 수십 대 앞에서 내가 그렇게 소리쳤다니. 뒤늦은 민망함이 찾아왔다.

"너무 심하진 않았나요?"

"무슨 소리요, 무 조종사? 사람들은 무척 좋아했소. 조종사들에게는 적당한 허세가 필요한 법이지. 그래야 이만한 유명 인사가 되지 않겠소! 사실 난 당신이 구미호 요괴라는 소문을 계속 써먹었으면 하오. 당신은 신비로운 여우가 될 수 있거든. 아주 매력적인 악녀가."

고구의 눈빛에는 놀랍게도 고양잇과의 아름다움이 깃들어 있었다. 네 생각쯤은 다 안다는 듯 그 두 눈이 오만한 기세로 나를 꿰뚫어 보았다. 식탁 위에 놓은 금빛 등불 세 개가 그의 얼굴 위로 그림자를 드리웠다.

"여자들은 당신을 싫어하겠지. 본인들이 가지고 싶었던, 다른 이를 휘어잡는 당당함을 당신이 갖고 있으니까. 남자들도 당신을 싫어할 거요. 마음을 어지럽히고 가지 말아야 할 곳으로 유혹하는 존재가 바로 당신이니까. 하지만 싫어하면 할수록 사람들은 오히려 당신을 계속 바라보게 되고 이야기하게 되겠지. 당신과 세민은 화하를 호령하는 대단한 짝이 될 거요. 물론 착한 이미지는 아니겠지만, 나쁜 이미지 중에서는 제일 좋지."

고구는 우리에게 손을 휘두르며 말했다.

"자, 어떻소?"

그의 생각이 내 생각과 너무 비슷해서 불안했다.

세민은 곰곰이 생각하는 것처럼 손가락을 입술에 대다가, 갑자기 나를 힐끗 쳐다보았다. 그리고 식탁 아래 잡혀 있던 팔을 빼내더니 내 손을 꼭 잡았다. 술병에서 눈을 떼려는 그의 노력은 그야말로 처절할 정도여서, 목에 난 힘줄이 다 꿈틀거렸다.

나는 세민이 전하려는 뜻을 깨달았다. 지금 그는 제정신이 아니며, 그저 내가 하자는 대로 따를 작정이었다. 나는 대답했다.

"그 제안, 받아들이겠어요."

"아주 좋소."

고구는 활짝 웃었다. 한쪽 뺨에 드러난 보조개가 어찌나 이치와 똑같은지 온몸이 다시 오싹해졌다.

세민과 나는 계약서에 지문을 찍었다. 내 손도 그의 손만큼이나 떨렸지만 실은 알고 있었다. 이 계약서는 그저 형식상으로만 존재한다는 것을. 고구의 권력은 너무나 강하고 우리 둘은 전례를 찾아볼 수 없는 돌연변이 같은 존재다. 만약 우리가 고구에게 불만이 생기거나 고구가 우리에게 불만을 품는다면 이런 법률 용어 따위는 전혀 중요하지 않게 될 것이다.

고구는 손뼉을 쳤다.

"이렇게 거래가 성사되었군! 축하주 한잔합시다, 응?"

세민과 나는 순간 굳어버렸다. 하녀들이 식탁의 회전판을 돌려 술병을 우리 앞으로 가져다 놓았다. 그리고 크리스털 마개를 뽑았다.

나는 휠체어에서 몸을 곧게 펴고 최대한 미안해하는 표정으로 미소를 지었다.

"아, 저희도 그러고 싶지만……."

나는 살짝 말끝을 흐리다 이세민을 보며 덧붙였다.

"자기야, 의사가 술 마시면 기의 흐름이 흐트러진다고 하지 않았어?"

이치의 엄마에게 무슨 일이 있었는지 알기에, 나는 고구의 심기를 거스르지 않는 여성스러운 모습을 연기했다. 그저 고분고분한 것만으로는 충분하지 않다. 동시에 *행복해 보여야만 한다.*

"말도 안 되는 소리! 딱 한 잔인데 해될 게 뭐 있겠소?"

고구는 잔을 들어 하녀에게 술을 채우게 했다.

세민이 무어라 말하려 했지만, 하녀가 우리 쪽으로 술병을 들고 뒤뚱뒤뚱 다가왔다. 세공된 크리스털 술병 위로 등불이 현란하게 춤을 추었다.

"한 잔만 마셔도 상황이 악화될 수 있답니다. 이래도 될지 모르겠어요."

나는 세민과 고구를 번갈아 바라보며 억지웃음을 지었다.

하녀는 세민 앞에 놓인 잔에 반짝이는 술을 콸콸 따랐다. 술 냄새가 내 얼굴에 훅 끼쳐 와 숨이 막혔다.

세민의 눈빛이 순간 흐릿하게 풀렸다. 얼굴에서 긴장이 사라졌다.

"아니, 괜찮아. 딱 한잔인데 뭐."

나는 세민의 꽉 끼는 조종사복 소매에 손톱을 찔러 넣었다.

"하지만 의사 말로는—."

세민은 쳐다보지도 않고 내 팔을 비틀어 뺐다.

"한잔이잖아."

그동안 하녀는 내 앞의 술잔을 채웠다.

"아주 좋소! 그럼 우리의 협력을 위해 건배합시다!"

고구는 반질반질한 나무 바닥 위로 의자를 끼익 빼며 일어섰다. 그러곤 술잔을 들었다.

세민도 일어서서 술잔을 들었다.

나는 똑같이 술잔을 들면서 일어서는 척하다가 세민의 팔꿈치에 세게 부딪쳤다. 잔에 담겼던 술이 쏟아져 금빛 식탁보에 온통 튀었다. 나는 과하게 아픈 척을 했지만, 사실 정말로 아프기도 했다.

"미안해, 자기야. 나 상처가……."

"괜찮소, 무 조종사. 일어날 필요 없어."

고구의 목소리가 급격히 느려졌고 안색 또한 어두워졌다.

그는 하녀를 노려보더니 엎질러진 자리를 향해 손짓을 했다. 하녀가 급히 행주를 가져오는 동안 나는 입술을 깨물었다. 그리고 세민의 팔을 다시 한 번 꽉 쥐었다.

"이건 우주가 내린 계시가 아닐까 싶어, 자기야. 기 흐름을 잘 챙겨야지. 술 잘못 마셨다가 다음번 전투 때 삐끗하기라도 하면 어떡해. 고 대인, 대신 제가 세민의 몫까지 술을 들겠습니다."

고구는 천천히 눈을 깜빡였다.

"음, 우주의 계시라고까지 말한다면야."

맙소사, 나 때문에 기분이 상했군.

부디 내가 벌어다 줄 돈을 보고 지금 이 순간을 잊어버리기를 바랄 뿐이다.

나는 반쯤 비어버린 술잔을 세민이 마시지 못하도록 손에서 뺏었다. 그러곤 거기 직접 술을 따르고서 고구 쪽으로 바치듯 잔을 들었다.

"함께 일하게 되어 기쁩니다, 고 대인."

입술 사이로 술잔을 기울였다. 술을 마시는 건 이번이 처음이었다. 불꽃처럼 목구멍을 태우며 들어가는 액체는 냄새만큼이나 독했다. 기침이 나오려 했지만 안간힘을 써 누르며 빠르게 술잔을 꿀꺽꿀꺽 비웠다.

"나 역시 참으로 기쁘오."

고구도 나와 같이 술을 마셨다.

세민은 어색하게 자리에 앉았다. 다음으로 나는 가득 차 있는 내 잔을 쥐고서 숨을 참은 뒤 다시 꿀꺽꿀꺽 마셨다.

대체 세민은 어떻게 이런 걸 매일 몇 병씩 마신 걸까. 어쩐지 화기가 들끓더라니.

그때 고구가 손목 기기를 가리켰다.

"그럼 이세민 그대와는 볼일이 끝났군. 다른 손님들이 당신을 보여달라고 계속 눈치를 주었다오. 이제 연회에 참여하셔야겠소. 손님들이 기다림에 지쳐가고 있으니."

세민은 멍한 눈빛으로 나와 고구를 바라보며 의아한 표정을 지었다.

"무 조종사와 나는 몇 가지 의논할 것이 있소. 가족을 장안으로 옮겨 살게 하고 싶다면 몇 군데 좋은 곳이 있으니까."

고구는 '가족'이라는 말을 조롱하는 투로 발음하더니 세민에게 말했다.

"당신과는 별 상관 없는 이야기겠지. 안 그렇소?"

세민의 눈이 휘둥그레졌다. 내 눈 역시 마찬가지였다.

"어서 가서 연회를 즐기시오."

고구가 너무도 밝은 미소를 지어 보였다.

두려움이 솟았다. 나는 눈빛만으로도 행동을 제어할 수 있다고 믿는 사람처럼 간절히 세민을 바라보았지만, 고구는 우리에게 일말의 선택권도 줄 생각이 없는 듯했다. 하지만 잊어선 안 된다. 그의 지원을 받으려면 그의 방식에 따라야 한다는 걸.

나는 눈을 내리깔았다.

"감사합니다, 고 대인."

잠시 숨을 죽인 끝에 세민이 중얼거렸다. 그러고는 일어나서 가볍게 절을 했다. 잠시 후, 바닥을 울리는 그의 발소리가 멀어져 갔다.

나는 고구와 홀로 대면할 준비가 되어 있지 않았다. 멀어지는 세민의 뒷모습을 바라보자 속이 타들어가는 것 같았다. 내 입에서 나오는 숨결엔 알코올 냄새가 가득했다. 이렇게 아무것도 결정되지 않은 상태로 시간이 멈춰버렸으면, 하고 바라던 순간 문이 닫혔다. 나는 어쩔 수 없이 고개를 돌리고 고구를 마주했다.

고구의 차가운 눈빛이 곧바로 나를 사로잡았다. 그는 완전히 달라진 말투로 입을 열었다.

"당신은 참으로 위험한 여자요, 무 조종사. 내 생각보다 더 위험하더군. 자기 남자의 기를 살려주는 것처럼 굴면서 실제로는 모든 의사

결정을 직접 내린다? 참으로 교활해."

"저는 제 반려를 지키고 싶은 것뿐입니다. 그는 저의 하늘이자 땅이니까요."

나는 급히 대답했다. 고구는 살짝 고개를 갸웃했다.

"그렇소? 그럼 영웅이 된 내 아들은 뭐요? 그 애는 당신에게 어떤 존재요?"

충격으로 온몸에 경련이 일었다. 생각하기도 전에 말이 먼저 입에서 튀어나왔다.

"전략가 과정에 있는 고이치 군은 제 반려에게 아주 큰 도움을 베푼—"

그 순간 고구의 목소리가 채찍처럼 식탁 위를 내리쳤다.

"거짓말은 그만하시오! 당신과 내 아들의 관계는 이미 알고 있으니. 둘은 내내 산에서 만나오지 않았소?"

그의 시선이 더욱 냉랭하고 어두워졌다.

"무 조종사, 난 당신 생각만큼 부주의한 아비가 아니라오. 이치는 누군가와 분별 없이 사랑에 빠지는 경솔한 인간이 아니지. 그런 애에게 당신이 대체 무슨 술수를 부렸는지 궁금하군그래."

"아드님과 저 사이에는 아무 일도 없었습니다."

나는 겨우겨우 입을 열었다. 고구는 어디까지 알고 있지? 이치에게 도청 장치라도 달려 있었나? 대체 언제부터?

"남자 둘을 애완동물처럼 달고 다니는 여자들은 역사적으로 꽤 오래전부터 있었지. 안 그렇소?"

뭐? 남자 둘? 달고 다녀?

하지만 이런 식으로는 날 변호할 수가 없다. 고구 같은 사람에게 남자 둘은 너무 많은 숫자니까.

"저, 저는 아직 잠자리를 같이 하지 않았습니다. 정말입니다. 아무 아주머니나 붙잡고 확인해 보라고 하세요."

나는 머릿속에 떠오르는 유일한 변명을 더듬더듬 뱉었다.

고구의 얼굴에 놀라움이 스쳤다. 이대로 물러서서 날 내보내 주기를 바랐지만, 그의 얼굴은 더욱 험악하게 찌푸려졌을 뿐이다.

그는 식탁에서 일어났다. 의자가 바닥에 끌리는 소리가 귀에 거슬렸다. 당장 휠체어를 타고 여기서 나가 다시는 돌아올 일이 없으면 좋겠지만, 고구는 나와 세민을 만리장성에서 빼내기 위해 이미 막대한 돈을 쏟아부었다. 그러니 그의 뜻대로 하지 않는다면 내게서 분명히 돌아설 거다. 그리고 현재의 나는 고구까지 적으로 돌릴 여유가 없다.

고구가 느릿느릿 다가왔다. 그의 손이 내 어깨를 스쳤고, 그의 고개가 내 귓가에 가까워졌다.

"방금 지껄인 게 거짓말이 아니라면 일이 훨씬 더 *심각해질 텐데*."

"왜죠?"

내가 소리쳤다. 고구를 마주 보는 게 너무도 두려웠다. 귀에 들리는 건 오로지 이치의 목소리뿐이었다. 저 깊은 속으로부터 일그러진 이치가 나타날 것만 같았다.

"왜라니? 이해가 안 가나? 주는 게 있으면 받는 게 있어야지. 이건 아주 큰 문제가 될 사안이야, 무 조종사."

"그들은 절 원하지 않았습니다."

숨을 쉴 때마다 소름이 끼쳤다. 고구의 손길이 닿은 조종사복에 불이 붙은 것만 같아서 어깨를 잘라버리고 도망치고 싶었다.

"원하지 않는 남자는 없어."

그의 목소리에 배인 술기운이 내 귓가에 끼쳤다.

"그 애들이 어떤 식으로 당신에게 놀아났는지 잘 알겠군. 아주 감쪽같이 속여넘겼겠지?"

이치와 세민이 날 호버크래프트에서 내려주었던 때를 말하는 건가? 그래서 이런 말을 하는 거야?

나는 고함을 칠 뻔했다. 당신이 뭘 안다는 거야? 그 애들은 당신과 달라.

그러다 섬뜩한 생각이 스쳤다. 고구는 왜 나를 여기 남겨둔 거지?

나는 겁먹은 표정으로 하녀를 바라보았다. 그녀는 등불의 희미한 빛이 비치는 벽에 서 있었다. 벽에 걸린 족자 두 점 사이에 서서 눈을 내리깐 모습이었다. 이 분위기를 애매하게 만드는 건 오로지 그녀의 존재뿐이었다.

저 하녀는 고구를 막을 수 없을—.

머릿속이 얼어붙었다. 아무 생각도 할 수 없었다. 말조차 나오지 않았다.

'도와줘!' 머릿속으로 소리쳤지만 들어줄 만한 이가 떠오르지 않았다. 세민? 이치? 모르겠어. 정말로 모르겠어.

"보시오, 무 조종사. 사업이란 동등한 교환에 기반을 둬야 하지. 뭘 가져가려면 적정 금액을 내놓아야 하는 법이거든. 그게 가장 중요한 원칙이오. 당신이 그 점을 이해하고 있는지 알아야겠소. 혹시나 본인이 똑똑해서 이걸 피해 갈 수 있다는 착각 따윈 집어치우고."

고구는 휠체어 뒤로 몸을 돌려 내 어깨를 꽉 잡았다.

"그러니 우리가 서로를 확실하게 믿을 수 있게 하자고. 자, 옷을 벗고 카메라를 바라보며 계약서를 읽어주길 바라오. 알몸으로."

순간 내가 딛고 있던 세상의 바닥이 무너졌다. 이러다 영원히 끝이 나오지 않는 심연 속으로 떨어질지도 모른다. 손이 구부러졌다. 지금 기 아머를 입고 있었다면 얼마나 좋을까. 하지만 이곳엔 아무것도 없다. 무엇 하나도 가진 게 없었다.

"저는 글을 잘 읽지 못합니다."

나는 아주 작은 목소리로 말했다. 너무나 무력하게.

"내가 대신 읽어주겠소. 당신은 날 따라만 하시오."

눈물이 시큼하게 눈을 자극했다. 목이 꽉 메었다. 긴장할수록, 내 어깨를 잡은 고구의 손에는 힘이 들어갔다.

"고 대인……, 왜 이토록 여자를 싫어하시죠?"

잠시 멈칫하던 고구는 갑자기 웃음을 터뜨렸다. 웃음소리가 북처럼 내 뒷머리뼈에 부딪히고 휠체어를 진동시켰다.

"여자를 싫어하다니? 말도 안 되는 소리! 여자가 없으면 이 세상이 어찌 돌아간단 말이오? 아이는 누가 낳고, 밥은 누가 짓고, 옷은 누가 깁고, 잠자리는 누가 덥혀주라고? 응? 이런저런 일들을 누가 한단 말이오? 아, 제발 그런 말 마시오."

고양잇과의 맹수를 닮은 고구의 눈이 가느다랗게 변했다.

"이 세상 그 누구도 여자를 싫어하지 않소. 그저 말을 안 듣는 여자를 싫어할 뿐이지. 규칙을 어기면서도 그냥 넘어갈 수 있다고 생각하는 여자들 말이오. 무 조종사, 당신은 어느 쪽이오?"

나는 애써 말을 이었다.

"제 몸은……. 전 총을 맞았습니다. 지금은 보기에 좋지 않아요."

"난 당신에게 추파를 던지려고 여기 있는 게 아니오."

고구의 대답은 단호했다.

조종사복 아래로 식은땀이 흘렀다. 그에게는 날 통제하려는 목적뿐이었다.

"물론 모든 건 당신의 선택에 달렸소."

고구는 내 어깨를 놓아주고 원래 자리로 돌아갔다. 그의 손가락이 식탁보를 스쳤다.

지랄하지 마.

선택에 달렸다고? 이게 어딜 봐서 선택이야? 내가 거절한다면 고구는 돈과 연줄을 동원해 나와 세민의 명예를 더럽히겠지. 그는 나를 수치스럽게 만들고 싶은 거다. 내가 '선택'해서 이 일을 한다면 견딜 수 없어 할 걸 알고서.

'수치스럽다'라.

나는 머릿속으로 수치라는 단어를 가만히 곱씹었다.

이게 정말 수치스러운 짓일까? 고구는 내 영상을 찍을 거다. 그것도 알몸을. 어머나, 무서워라! 누구는 옷 입고 태어났나.

생각이 깔끔하게 정리되었다. 난 평생 가족들이 억지로 주입시켰던 끝없는 수치심의 구렁텅이에서 벗어나려고 몸부림쳐 오지 않았던가.

그런데 이것 참 우습기도 하지. 이 멍청한 남자가 내 몸을 갖고 날 수치스럽게 하려 하다니.

원하는 모든 각도에서 내 몸을 촬영해 대겠지. 하지만 그 비디오는 나에게 아무런 영향력을 행사하지 못할 것이다. 대중에 공개한다 해도 난 전혀 신경쓰지 않을 테니.

수치심과 굴욕이란 내가 스스로에게 부여하는 감정일 뿐이다. 앞으로 그런 감정 따위 느끼지 않을 것이다.

냉정히 생각하자. 어차피 고구는 곧 죽을 목숨이다. 세민과 내가 주지방을 탈환하고 공로를 인정받는 대로 난 이곳에서 고구를 가장 처참한 방식으로 죽여버릴 것이다. 내가 원하는 걸 얻기 위해서 무슨 짓까지 할 수 있는지 그는 아직 모른다. 그 점에서는 내가 더 유리하다.

이건 놈의 승리가 아니야. 내가 잠시 참는 것뿐.

고구의 쓸모가 다한 다음 놈을 산 채로 날려버릴 생각을 머릿속에 가득 담으며 나는 조종복 외투 지퍼를 내렸다.

제31장

아이들에게
안 좋은 본보기

다음 날 아침, 나와 세민은 첫 번째 스튜디오 촬영을 시작했다. 촬영본은 인터넷 트래픽이 급증하는 저녁 식사 시간에 맞추어 공개될 것이다.

우리는 병적인 호기심을 이기지 못하고 고구가 계약서 사본을 담아 우리에게 선물한 태블릿에 거의 고개를 처박고서 결과물을 확인했다. 저녁 무렵의 쌀쌀한 바람이 우리가 앉은 정자 위를 휩쓸고 지붕 위로 늘어진 버드나무 가지를 휘저었다. 정자 아래 연못에 물결이 일었다. 연못 위에 떠 있는 정자는 고씨 가문 저택의 다른 건물과 거리를 두고 있었다. 저무는 태양이 물 위로 금빛 주황색 선을 그으며 녹아내렸다.

어제 고구와의 회의 중에 벌어진 일을 두고 세민을 탓할 마음은 없었지만, 기분이 좋지는 않았다. 그래도 세민은 카메라 앞에 서자 더는 소란을 피우지 않았다.

전문적인 관리를 받은 우리의 모습을 보는 건 완전히 새로운 차원의 기묘한 느낌을 주었다. 고구는 나에 대한 논란을 과장해서 표현하길 원했다. 촬영팀은 내 머리칼을 양광을 죽였던 날의 모습과 똑같이 여우 귀 모양으로 돌돌 말아올린 다음, 은색 머리핀과 수정 백합 핀으로 장식했다. 게다가 평범한 첩 조종사복은 별로 도발적이지 않다는 듯, 더욱 터무니없는 차림으로 나를 꾸몄다. 짧은 예복 윗부분은 가슴이 확 파인 데다 파인 가슴 옷자락 둘레에 털을 붙였고, 치마는 허벅지까지 크게 절개돼 있었다. 그리고 내 등허리 부분에는 복슬복슬한 여우 꼬리 아홉 개를 붙였다.

반대로 세민은 소매가 딱 달라붙는 기다란 가죽 예복으로 치장했다. 어깨부터 시작해서 깊게 파인 가슴선 깊숙이 호박색 깃털로 장식했는데, 파인 가슴선 아래로 흉터가 살짝 드러났다. 그의 평소 모습과 달리 안경은 벗어야 했다. 그리고 한 가지 더 달라진 점이 있었다. 군대의 황룡 인장이 새겨진 구속 목걸이를 차고 있긴 했지만, 목줄이 달리지 않았다.

오히려 목줄은 나에게 달렸다.

첫 번째 사진은 정교하게 장식한 청동 의자 앞에서 다리를 나른하게 뻗은 채로 바닥에 앉은 내 모습을 담았다. 배경은 순수한 검은색이었다. 세민은 의자에 걸터앉아 내 목줄을 잡아당기며 내가 그의 애완 여우라도 된 듯한 무심한 표정을 지었다. 하지만 나는 이 모든 것이 마치 나의 사악한 계획이라는 듯, 눈빛에 기를 이글이글 품은 채로 카메라를 응시하고 있었다.

"겉으로는 당신이 이 남자의 노예처럼 보여야 하오. 하지만 진짜 실세가 누구인지 대중이 계속 궁금해하도록 연기하시오."

연출과 감독을 직접 맡은 고구가 한 말이었다.

어젯밤 내 모습에 고구는 영감을 얻은 모양이었다. 나는 그가 어제 내게 시킨 것에 대해 아무렇지 않다고 몇 번이고 되뇌었지만, 분노는 끊임없이 일렁이며 끓어오르고 있었다.

고구는 대중의 이목을 끄는 방법을 잘 알았다. 적어도 그 점은 부인할 수 없었다. 각각의 사진은 숨 막힐 정도로 충격적이었다. 나는 촬영 당시의 순간들을 떠올렸다. 어색했고, 강렬한 조명에 눈이 부셨고, 직원들이 내 몸을 움직여 포즈를 취하게 시킬 때마다 고통스러웠다. 하지만 완성된 결과물은 다른 세상의 작품처럼 대단히 훌륭했다. 우리는 섬뜩하고도 강력한 추방자의 모습으로 성적인 호기심을 자극하며 화하를 조롱했다.

"미안해."

세민은 자신이 내 뒤에서 목줄을 팽팽히 잡아당기는, 특히나 선정적인 분위기를 풍기는 사진을 보면서 중얼거렸다.

그 사진을 찍는 내내 구토가 치밀 만큼 역겨웠지만 나는 고구가 요구한 관능적인 표정을 간신히 해냈다. 사진 속의 우리 모습과 현실 사이의 괴리감이 너무 커서 그저 웃고 말았다.

"미안해할 필요 없어."

나는 사진 속 세민의 냉랭한 표정을 가리키며 말했다. 스모키한 눈화장 덕분에 기로 빛나는 눈빛이 평소보다 훨씬 더 강렬해 보였다.

"굉장한데? 네가 다 해 먹었네."

세민의 얼굴에 불편한 기색이 스쳤다.

"이런 사진 찍어도…… 괜찮아?"

나는 무거운 한숨을 내쉬었지만 곧이어 피식 웃음이 났다.

"이제 좀 알 것 같아. 이건 우리의 진짜 모습이 아니야. 그냥 우리가 연기하는 인물인 거지. 웃기지 않아? 완전히 날조한 모습을 보여주면서 사람들을 설득하고 있는 거잖아?"

"그러니까 네 말은, 우리가 사람들에게 거짓말을 하고 있다는 거구나."

나는 한 손으로 그의 얼굴을 쥐고서 최대한 악녀다운 기색을 풍기며 흔들었다.

"아니, 그보다는 '이야기를 들려준다.'라고 표현하는 게 좋겠어, 자기야. 철의 미망인과 철의 악마가 서로를 길들이는 이야기 말이야. 그리고 빼앗긴 지역을 두고 전투를 벌이면서 자신들을 구원하고 악당에서 영웅으로 변해가는 이야기. 그런 이야기의 첫 장이 이런 게 아니면 뭐겠어?"

잠시, 심장이 고동치는 침묵이 흘렀다. 세민은 알 수 없는 표정으로 얼굴을 굳히고서 나를 바라보았다.

나의 표면이 서서히 무너져 내리며 우리 사이를 스치고 지나가는 물기 어린 차가운 바람처럼 현실이 부들대며 다가왔다.

나는 그의 얼굴에서 손을 떼고 다시 태블릿을 스크롤했다.

"이제 대중의 반응을 한번 확인해 볼까?"

반응은 즉각 몰아쳤다. 노출이 심한 옷차림, 도발적인 자세. 사람을 죽인 자들이 어쩌면 저렇게도 뻔뻔할 수 있을까.

특히 아이들에게는 안 좋은 본보기였다.

하지만 그만큼 경외감도 솟았던 모양이다. 상반된 의견들이 맞부딪치자 우리는 더욱 관심을 끌었고, 사진 조회 수가 오르며 거액의 돈이 쏟아졌다. 사람들은 다들 그 어마어마한 사진을 두 눈으로 보고 싶어 했다. 게시판에선 우리가 살인을 했더라도 혼돈을 물리쳐 수많은 사람들을 지켜냈기 때문에 괜찮다고 봐야 할지, 또 우리가 정말로 주 지방을 해방시킬 수 있는지 뜨거운 논쟁이 벌어졌다. 그 가능성과 희망만으로 화제는 초신성의 빛처럼 뜨겁게 달아올랐지만, 결국 우리에게 모든 것이 달렸다는 사실에 많은 이들이 분개했다.

논쟁의 여지가 있는 게시물들은 대중들이 올린 것처럼 보였으나, 사실 그중 일부는 고구의 하수인들이 올린 글이었다. 일반 사람들의 머릿속에 우리를 가능한 한 확실히 각인시키기 위한 계략이었다. 이런 게시물 중 합법적인 글은 얼마나 되는지, 또 얼마나 많은 몰이꾼이 대중을 선동하는 것인지 파악하기란 불가능했다.

심지어 이치조차 이 계획의 한 축을 담당했다. 세민과 내가 저녁을

먹기 위해 개인 숙소로 이동했을 때 나는 태블릿으로 이치가 출연하는 예능 생방송을 보게 되었다.

이치의 겸손한 매력은 카메라에 사랑스럽게 담겼다. 폭풍이 부는 가운데 왕급 크리살리스를 마주할 정도로 용감한 부잣집 도련님이라니. 그런데 현실에서 만난 그 도련님이 가슴 저밀 정도로 공손하고 심지어 수줍음 많은 사람이라니.

장안에서 살다가 만리장성으로 가게 된 과정을 묻는 질문에 이치가 자세하게 대답하는 부분이 있었다. 그때, 혼돈 분장을 한 사람이 이치의 뒤로 슬그머니 다가왔다. 혼돈이 갑자기 어깨를 두드리자 이치는 우스꽝스러운 비명을 지르며 펄쩍 뛰었다. 스튜디오 안의 모든 사람이 웃었고, 심지어 이치 본인도 웃음이 터진 바람에 분위기가 눈에 띄게 풀렸다. 이 순진해 보이는 도련님이 인류해방군이 혼돈에게 반격하게 만들려는 계획을 꾸미고 있다는 건, 나와 세민의 목숨을 구하기 위해 두 지방의 안전 따윈 생각지도 않는다는 건 아무도 모르겠지.

"그럼 고이치 씨는 주작의 조종사들을 어떻게 생각하시나요?"

사회자가 마침내 폭탄 질문을 던졌다. 아마 고구에게 돈을 받고 하는 짓이겠지. 방청객들은 기대감에 차서 '오오오' 소리를 냈다.

"제 생각에 중요한 것은 그들이 혼돈을 이길 힘이 있느냐 없느냐입니다."

잠시 골똘히 생각하는 척하던 이치가 대답했다. 그리고 카메라를 똑바로 바라보며 말을 이었다.

"그들에게는 혼돈을 이길 힘이 있습니다. 두 조종사가 인류를 위해 목숨을 건 희생을 이어간다면 그들이 어떤 사람이고 무슨 마음인지, 과거에 무엇을 했는지는 신경 쓰지 않을 겁니다. 필요하다면 언제든 저도 기꺼이 기를 내놓아 그들을 도울 거고요."

방청객은 환호를 보냈다. 나와 세민을 죽이려는 모든 이들에게 보이지 않는 돈과 권력의 거센 파도가 다가오는 모습이 그려졌다.

"이 정도면 충분한가요?"

나는 새로 받은 손목 기기를 이용해서 고구에게 음성 메시지를 보냈다.

몇 초 후, 삐빅 소리와 함께 고구의 메시지가 도착했다. 기기를 두드리자 커다란 웃음소리가 스피커에서 흘러나왔다.

"아니, 아직 멀었다오, 무 조종사!"

아, 진짜 최악인데. 이런 선정적인 사진들이 잠시 논란을 일으킬 수 있을지는 몰라도 비슷한 사진만으로 계속 충격을 줄 순 없을 것이다. 뭔가 더 하지 않으면 머리기사에 실릴 수 없다. 무언가 더 대단한 걸 해야 한다.

생각해 봐, 어서. 나는 식탁보를 긁으며 스스로에게 명령했다. 단시간 내에 이것보다 훨씬 더 많은 관심을 끌 만한 일이 뭘까?

불현듯 옛 기억이 생생하게 떠올랐다.

나와 언니, 그리고 우리 동네 여자애들이 함께 커다란 화면으로 독고가라와 양견의 짝 대관식을 봤던 기억이었다. 영상 시청이 금지된 우리들에게는 흔치 않은 기회였다. 7년 전, 독고가라가 열세 살이고 양견이 열네 살일 때 둘은 대관식을 올렸다. 둘이 현존하는 짝 중 최초로 철의 대공과 대공비가 되었다는 사실, 그리고 양견이 한 번도 첩을 들인 적이 없다는 사실로 인해 둘의 대관식은 더욱 특별해졌다. 사람들은 몇 주 전부터 이 대관식에 집착하며 관심을 보였다. 왕관과 아머는 어떻게 생겼을지, 또 대관식 날 독고가라는 얼마나 화려할지 등을 추측하느라 저마다 열을 올렸었다.

마침내 방송이 나왔던 그 순간, 우리는 하나같이 탄성을 질렀다. 독고가라는 밝은 흰색 아머와 완벽하게 어울리는 반투명 비단 베일을 늘어뜨린 모습으로 무대 위를 걸어 나왔다. 온몸을 감싼 은색 그물망 위에 수정이 방울방울 달려 있었다.

그때 열한 살이던 내게 가장 기억에 남는 장면은 양견이 진줏빛 왕관을 씌워줄 때 드러난 독고가라의 눈빛이었다. 순수하고도 어두운 만족감이 서려 있던 그 눈빛. 그녀의 왕관은 모두가 예상했던 호랑이 귀 모양이 아니라, 양견의 것처럼 아랫부분에 날카로운 호랑이 이빨 장식을 단 형태였다. 기다란 호랑이 송곳니가 관자놀이 근처로 날카롭게 돋아 있었다.

나는 세민을 바라보았다.

"우리, 독고가라와 양견을 능가하는 짝 대관식을 해볼까?"

제32장

최선을
다했음에도 불구하고

짝 대관식 제안에 고구는 열광적인 반응을 보였다. 그 후 나는 사마의에게 전화를 걸어 우리의 대관식을 열도록 중앙사령부를 설득하라고 했다. 우리가 누려야 할 명예를 자꾸만 뺏어가면서 우리더러 위험을 무릅쓰고 반격하라는 건 모순이라고 말이다. 사마의는 최선을 다해 대관식을 주선하겠노라 약속했다.

예정되었던 파멸에서 마침내 벗어나게 됐다는 느낌에 안도하면서, 나는 이치의 방에 앉아 그가 돌아오기를 기다렸다.

모터의 소음, 인간의 고함과 더불어 매캐한 연기가 산을 타고 올라와 발코니로 들어왔다. 모두 땅에 매인 별처럼 빛나는 도시인 장안에서 온 것이다. 말도 안 되게 커다란 침대 위로, 짙은 나무 틀 안에서 희미한 등불 빛이 나부꼈다. 이치의 방은 만리장성에 있는 우리의 스위트룸보다 더 컸다. 전날 밤, 나는 고구가 준 술에 취한 채로 이곳에 처음 왔었다. 이 방은 화려한 비단옷만을 보관하는 별실과 이어져 있었다. 난 화끈거리는 뺨 위로 그 비단 자락을 하릴없이 문질러댔다. 화장품 전용 냉장고를 보고는 이치를 족히 10분은 놀려댔다. 그러다 반짝이는 화장실을 보고선 그만 정신이 나가버렸다. 수정을 조각해서 만든 욕조에 언제든 뜨거운 물을 채울 수 있다니. 또 다른 별실에는 크리살리스 모형을 쭉 세워둔 유리 진열장이 즐비했다. 이치는 내가 불쾌해할까 봐 미리 말하지 못했다며 수줍게 털어놓았다.

그런 걱정은 할 필요가 없었다. 난 크리살리스 자체에 반감을 품고 있는 게 아니니까. 인류가 혼돈을 전멸시키고 이 악몽을 뿌리째 뽑아버리는 게 싫지는 않단 말이다. 그 과정에서 여자애들을 어쩔 수 없이 희생시켜야 한다고 주장하는 조종사 제도가 싫은 거지.

두리번거리던 눈길이 침대 뒤쪽 벽에 걸린 수묵화에 머물렀다. 크리살리스와 혼돈이 서로를 향해 돌진하는 그림이었다. 그 격돌 위에서 신들은 색색의 안개 같은 옷차림을 하고 구름에 앉아 칠현금을 뜯고 있었다.

그건 환상 속에서나 존재하는 장면이었다. 실제로 신들이 어떻게 생겼는지는 아무도 모르고, 그 누구도 전투에서 신의 도움을 직접적으로 받은 적은 없었다. 물론 저 위에 신들이 계시다는 건 알고 있지만. 언니와 나는 몇 달마다 천궁이 반짝이는 반점의 형태로 저 하늘에서 공전하는 모습을 지켜보곤 했다. 우리는 모두 신화에 대해 조금씩 들으며 자랐다. 흙으로 최초의 인류를 빚어낸 뱀의 여신 여와,

귀신과 악마에게 명령을 내려 전쟁을 일으킨 전쟁의 신 치우, 물의 신 공공과 싸운 불의 신 축융까지.

하지만 그 전설이 사실이라면 끝없는 의문만이 남을 뿐이다. 왜 신들은 그 놀라운 힘으로 우리를 도와 혼돈과 맞서주지 않을까? 인간이 아무리 진심을 다해 기도한다 해도 그들은 고양이처럼 초연하기만 할뿐 우리에게 별 관심이 없는 것 같았다. 그들이 하는 일이라고는 우리가 바치는 공물을 받고선 학자들이 풀이해야 하는 기술과 지식의 수수께끼 같은 도식을 던져주는 것뿐이었다. 공물은 대부분 기 금속이었다.

혼돈의 껍데기에서 나온 기 금속으로만 튼튼한 구조물을 만들 수 있다는 사실은 너무도 이상하고 모순적이다. 우리가 땅에서 광석을 캐내어 무언가를 만들어보려 해도, 광석은 언제나 며칠 새 변색되어 결국 기차와 호버크래프트의 연료로나 쓰일 뿐이었다. 게다가 혼돈의 겉껍질에 대한 신들의 광적인 요구를 생각해 보면, 그들조차도 혼돈처럼 광석을 안정시키고 개체를 복제하는 방법을 알지 못하는 것 같았다. 이 행성이 혼돈의 것도 아닌데, 우리는 할 수 없는 자원 활용을 혼돈이 할 수 있다는 게 정말 우습다.

신들이 그토록 많은 기 금속으로 대체 무엇을 하는지는 아무도 모르지만 질문해서는 안 된다는 걸 우리 인간들은 잘 알고 있다. 그저 묵묵히 혼돈의 겉껍질과 목재, 흙, 씨앗과 다양한 동물, 그리고 소녀들을 함께 모아 만리장성 바깥에 지정한 제물 보관소로 운반하기만 할 뿐이다. 사슬에 묶여서 그곳으로 옮겨진 소녀들이 그 후로 어떻게 되었는지는 전혀 알려진 바가 없었다. 신들은 우리가 보고 있을 때는 절대로 모습을 드러내지 않으니까. 심지어 주위에 카메라 드론 한 대만 남아 있어도 말이다.

고구의 말 중 옳은 게 하나 있다. 세상에 여자가 필요 없는 계층은 없다. 어쩌면 우리의 가치가 평가 절하된 이유는 우리가 너무나 가치 있기 때문인지도 모른다. 세상은 우리를 손에 넣고 제어하지 못하게 되는 것이 두려워서, 우리의 참된 가치를 애써 인정하지 않는 것이다.

어느덧 이치의 방으로 통하는 문이 열렸다.

뒤를 슬쩍 돌아보았다. 이치는 나를 보고 눈을 반짝이며 달빛이 비치는 방으로 들어왔다.

차오르는 기대감을 안고 휠체어를 조종해 그에게 다가갔다. 어젯밤 난 이치와 다시 입맞춤을 주고받았다. 내가 세민과 반려의 관계를 잘 맺어보겠노라 결심한 이후 처음 한 키스였다. 이치는 어제 내가 너무 취해서 입맞춤 이상의 것은 하지 않았다고 했다.

하지만 오늘 밤은 취하지 않았지.

우리 사이의 거리가 좁혀졌다. 나는 이치를 끌어당겨 부드럽게 입을 맞추었다. 그의 입술이 자연스럽게 내 입술 위를 움직였다. 이제는 마음의 위안을 주는 친밀함이 느껴졌다.

"있잖아, 난 지금 같은 꿈을 꾼 적이 있어."

이치가 손가락으로 나의 목덜미를 쓰다듬으며 내 입술 위에서 속삭였다.

"꿈?"

나는 그의 향기를 들이마셨다. 햇살 가득한 평야에서 자라난 풀 내음처럼 깨끗하고 따스한 향기였다.

"말하자면, 진행 중인 환상이라고나 할까."

이치는 작게 웃었다. 내 머리카락 타래를 말아 쥐는 눈빛은 부드럽고도 서글펐다.

"매일 밤 집에 돌아와 너를 보고, 매일 아침 네 옆에서 깨어날 수 있다면 얼마나 좋을까. 하지만 여기서는 아니야. 어딘가 조용한 곳, 아무도 손대지 않는 숲속의 오두막 같은 곳이 필요해. 아무도 우리를 괴롭히지 않는 곳 말이야."

고통스러울 만큼 멋진 상상이었다. 상상 속 광경이 내 안의 가장 여린 부분을 날카롭게 후벼팠지만, 그것은 곧 산산이 조각나며 나를 다시금 냉혹한 현실로 되돌려 놓았다.

"하지만 누군가가 곧 우리를 잡으러 오겠지."

나는 이치를 밀어냈다. 그가 쥔 내 머리카락이 스르륵 손에서 빠져나갔다. 내 목소리는 갈라질 것처럼 떨렸다.

"우린 도망칠 수 없어. 네 아버지가—."

이치는 내 말을 슬며시 끊었다.

"알아. 그래서 환상이라고 한 거야."

우리 사이에 감돌던 온기가 사그라들며 새로운 긴장감으로 싸늘해졌다. 죄책감이 나를 짓눌렀지만, 우리는 환상에 빠질 여유가 없었다. 특히 그런 소박한 삶에 대한 환상이라면 더욱.

그건 우리가 가질 수 없고, 감히 꿈꿔서도 안 되는 삶이었다.

나는 나직하지만 단호한 어조로 말했다.

"이치, 너도 알겠지만 난 너에게 아무것도 약속할 수 없어. 나는 세민과 크리살리스를 조종하는 반려가 됐잖아. 성공적인 결과를 내기 위해 우리는 더 많은 일을 같이 해야 할 거야. 정확히 뭔진 모르겠지만 너무 많은 게 달려 있는 건 분명해. 그래서 너에게 무엇 하나도 장담할 수 없어. 그러니까 솔직하게 말해 봐. 내가 세민과 함께 있는 걸 보기 힘들어?"

이치는 잠시 갈등하는 듯했지만 이내 평온해졌다. 그는 부드럽게 한숨을 쉬고는 커다란 침대에 깔린 옅은 색 비단 시트에 앉았다.

"본능적으로는 그렇지. 내가 세민이었으면 얼마나 좋을까. 내가 너의 반려라면 얼마나 좋을까. 세민의 힘을 갖고 널 지켜줄 수 있다면 얼마나 좋을까."

나의 뱃속이 뒤틀려 뭉쳤다.

"그렇다면 우린 이러지 않는 게—"

"하지만 난 질투할 이유가 전혀 없다는 걸 깨달았어."

이치의 눈빛이 다시금 밝아졌다. 저 멀리서 비쳐오는 장안의 불빛이 그 눈에서 어른어른 빛났다.

"내가 뭐 하러 질투를 하겠어? 세민이 때문에 널 잃어버릴 거란 불안감이 들어서? 다른 사람들이 다들 그렇게 생각한다 해도 실제로는 그게 아니잖아. 넌 가지거나 빼앗을 수 있는 물건이 아니야. 그리고 사랑이란 싸워서 쟁취해야 하는 희소한 자원도 아니지. 네 마음이 얼마나 열리느냐에 따라 사랑은 무한히 커질 수 있어. 그러니까 내 말은, 사랑은 대부분 서로 간의 성질이 맞느냐 안 맞느냐, 다시 말해 두 사람의 '상성(相性)'에서 피어오르는 거야. 두 사람이 서로 가까이 지내면서 상대를 행복하게 해주는 게 사랑이라고. 그러니까 내가 세민이를 원망하는 건 의미가 없어. 네가 아무리 세민이와 상성이 들어맞아 잘 어울린다고 해도, 네가 나랑 잘 어울리는 것과는 전혀 상관없는 얘기니까."

나는 머릿속으로 이치의 말을 곰곰이 생각했다.

"사랑이란 게…… 꼭 한 사람과 해야 하는 게 아니라고 생각해?"

"적어도 나는 그렇게 생각해. 진정한 사랑은 화학 작용이 아니라 신뢰를 동반한 상승효과에서 나오는 거지."

이치는 우리 사이로 비쳐드는 달빛을 받으며 숨을 들이켰다. 그의 목울대가 꿀꺽 움직였다.

"나는 이곳에서 자라면서 너무나 많은 사람이 상대방을 붙잡기 위해 필사적으로 통제하려 드는 모습을 봤어. 하지만 그런 관계는 그저 슬픈 불안감으로 차 있을 뿐이었지."

"그래."

나는 조용히 대꾸했다. 옆집 왕 아저씨를 너무 자주 쳐다본다며 엄마를 비난하던 아버지가 떠올랐다. 내가 말을 이었다.

"하지만 내가 너에 대해 걱정하는 건 그런 부분이 아니야. 네가 절대로 그렇게 되지 않으리라는 걸 알지만…… 난 그저 널 고통 속에 가두고 싶지 않아. 그뿐이야."

"안 그래. 걱정하지 마. 난 내 본능이 논리적이라고 생각하지 않아.

그 본능에 따라 정의되고 싶지도 않고."

이치는 이마를 내 이마에 맞대고 엄지로 내 뺨을 쓸었다.

"측천아, 네가 날 바라볼 때마다 네 마음속에 내 자리가 있다는 게 느껴져."

눈이 휘둥그레졌다. 눈물로 시야가 흐려졌다. 놀라움을 감추지 못하고 입술이 살짝 벌어졌다.

그래, 있어. 널 위한 자리가 언제나 있어.

그래서야. 그래서 그래.

'이치는 누군가와 사랑에 빠질 만한 부류가 아니오.' 고구의 말이 머릿속에 끼어들었지만, 난 먼지 털 듯 그 말을 털어버렸다. 이치는 내가 아무것도 아닌 변방의 소녀였던 때부터 날 만났다. 속셈 같은 걸 품을 이유가 없단 말이다.

나는 이치를 사랑하는 걸 부끄러워한 적이 없었다. 심지어 가족들이 날 익사시키려 한다 해도 말이다. 앞으로도 그럴 것이다.

우리는 불을 켜지 않았다.

이치는 세민만큼 힘이 세진 않지만, 언제나처럼 부드러운 손길로 나를 침대 위에 오르도록 도와주었다. 온통 얻어맞은 내 몸에 닿는 이치의 손길을, 나를 오롯이 품어주는 그 손길을 느끼자 금이 간 갈비뼈의 통증조차도 참을 만했다. 나는 이치의 폐를 돌고 나온 숨결을 받아야만 안전하게 호흡할 수 있는 사람처럼 그에게 키스했다. 욕설과 각종 위협이 머릿속을 마구 울려댔다. *창녀, 더러운 년, 바람난 난잡한 년.* 하지만 그 모든 소리는 내 안에서 피어오른 열기에 녹아버렸다.

나는 일어섰다. 그 온갖 허튼소리는 극히 일부일 뿐이다. 그 외에도 내가 본연의 모습으로 존재하지 못하도록 막으려는 시도가 무수히 많았지만, 그럼에도 난 여기까지 왔다. 그 누구도 나와 짝지어 주려 하지 않은 남자와 하고 싶은 것을 할 것이다. 이 행위는 나를 더럽히지 않는다. 나를 망치지 않을 것이다. 이건 외설적인 것도, 더러운 것도, 수치스러운 것도 아니다.

수치심. 그것은 저들이 가장 즐겨 휘두르는 도구다. 마음속에서부터 나를 좀먹고 들어가 내 전족 앞에 그들이 던지는 운명, 그게 무엇이든 그 운명만을 받아들여야 한다고 날 세뇌시키는 도구 말이다.

하지만 그것은 아무런 힘도 발휘하지 못했다.

저들은 거의 필사적으로 나를 비난하고 비하했지만, 그럼에도 불구하고 난 내가 행복할 가치가 있는 존재라고 생각한다.

저들이 날 속박하려고 이용했던 모든 것들로부터 나는 등을 돌릴 것이다. 나의 미모는 그들의 관심을 끌려는 허상이다. 완벽한 반려 관계? 그것도 그들의 집착을 일으키기 위한 거짓말이다.

그들이 판단하고 증오하는 바로 그 힘으로 나는 아무도 막을 수 없는 존재가 되리라.

제33장

차마 말할 수 없는

금속성의 한기가 공기 중에 감돌았다. 혀 위로 녹슨 맛이 돌았다.

더러운 불빛이 보였다. 모서리에 그늘이 졌다. 무거운 철제 의자가 느껴졌다. 내 팔이 의자에 가죽끈으로 묶여 있다. 손톱으로 애써 긁어보았지만 살점이 떨어지고 피가 맺힐 뿐 아무 소용 없었다.

"사실 이렇게까지 할 필요는 없었다, 꼬마야. 하지만 이 정도로 골치를 썩일 작정이라면 술을 마시고 좀 차분해지렴."

술병을 든 사람의 모습이 나에게 다가온다. 안록산이다.

병사들이 내 입을 벌리고 금속 판을 꽂아 다물지 못하게 했다. 치아 사이로 면도날처럼 날카로운 날붙이가 박혔다. 혀 아래로 피가 마구 흘렀다. 고무 튜브가 목구멍에 꽉 들어찼다. 나는 숨이 막혀 마구 비명을 질렀다. 물어뜯고 뱉으려고 했지만 튜브는 꼼짝도 하지 않았다. 출혈만 더 심해질 뿐이었다.

안록산은 내 목줄을 뻣뻣하게 잡아당겼다. 소름 끼치는 손끝이 술 병 마개를 열더니 튜브에 달린 깔때기에 술을 부었다. 꿀꺽 꿀꺽 꿀 꺽, 끊임없이 내려가는 소리. 뜨거운 열기가 온몸에 퍼진다. 나는 제발 그만두라고 애원할 수조차 없었다. 기꺼이 반성할 테니 자비를 베풀 어 날 죽여주었으면 좋겠다. 이 상황을 멈춰만 준다면 뭐든 할 수 있 었다. 하지만 술은 계속 타오르고, 또 타오르고, 타오를 뿐이었다……

몸이 파르르 떨렸다. 쌔근대는 숨소리가 퍼졌다. 나는 울면서 잠에 서 깨어났다. 감각이 퍼뜩 돌아오기까지는 조금 시간이 걸렸다.

침대 위로 달빛이 가득 비쳤다. 이치가 따스하게 나를 감쌌다. 발 코니 너머로 도시의 불빛이 보였다. 안록산도, 철제 의자도 없었다. 목덜미를 만지고 턱을 움직여 보았다. 그러다 마침내 내 손을 바라 보며 숨을 크게 들이쉬었다.

"왜 그래?"

잠에서 깬 이치가 눈을 깜빡였다. 그러곤 팔꿈치를 괴어 몸을 들고 서 나지막한 소리로 물었다.

"그게……"

입 안이 바싹 말랐다. 조금 전까지 술로 달아올랐던 혈관에서는 차 가운 공포만이 흘렀다.

그냥 악몽을 꾼 걸까?

아니면…….

나는 비단 이불을 확 젖히고 휠체어 쪽으로 움직였다. 총상의 통증에 손을 꾹 쥐어야 했지만 미칠 것 같은 걱정에 느릿하게 움직일 수가 없었다. 이치는 내가 이동하는 걸 도우며 가쁜 숨결 사이로 질문을 해댔지만, 내가 지금 알아야 하는 문제의 답을 알아내기 전까지는 어떤 답도 해줄 수가 없었다.

복도를 따라 내려가자 세민의 방이 나왔다. 청동 손잡이를 흔들어봤지만 잠겨 있었다.

나는 문을 쿵쿵 두드렸다. 이윽고 문틈 사이로 불빛이 켜지고 묵직한 발소리가 다가왔다.

달칵.

호박색 불빛이 쏟아져 나는 움찔 놀랐다. 세민이 흐릿한 눈빛에 사방으로 뻗친 머리카락을 보이며 문 앞에 나타났다.

준비한 질문이 목구멍까지 올라왔지만, 이상하게도 소리가 되어 나오지 않았다. 말을 꺼낼 수가 없었다. 소리를 낼 수가 없었다.

"무슨 일이야?"

세민은 눈을 힘주어 뜨고서 물었다.

"나…… 꿈을 꿨어."

간신히 입을 열었지만, 마음 같아서는 세민이 눈을 흘기고는 당장 문을 닫아버리기를 바랐다.

"꿈에서 난 철제 의자에 묶여 있었어. 사람들이 면도칼을 내 입에 넣어 억지로 벌리고는 고무 튜브를 목구멍에 쑤셔 넣더니, 안록산이—."

세민의 눈에서 혼란과 공포가 느껴졌다.

"그만해."

목에서 시작된 한기가 온몸에 퍼졌다. 나는 두려움에 공허한 목소리로 말했다.

"안록산이 널 알코올 중독자로 만들었구나."

내 옆에 선 이치가 놀란 듯 입을 막았다.

나의 마음속 장벽이 터졌다. 환상의 기억이 쏟아졌다. 완전히 망가지기까지 세민은 그런 일을 얼마나 수없이 겪었을까. 그렇게 이성이 마비되고 의지를 상실한 그는 결국 스스로 술을 찾게 되었다. 차가운 감옥 바닥에서 보냈던 고통스러운 밤낮의 흐릿한 기억들.

세민이 나를 멍하니 바라보았다. 몸은 여기 있지만 생각은 다른 곳에 가 있는 듯한 눈빛이었다. 그러더니 움찔 놀라며 문을 닫으려 했다.

나는 두 손으로 문을 잡았다.

"왜 우리한테 말 안 했어?"

내가 소리치자, 세민은 문에 반쯤 가려진 채로 버럭 소리를 질렀다.

"그게 뭐가 중요한데?"

"당연히 중요하지! 난 네가 이런 일을 당한 줄 몰랐어! 내 생각보다 네가 훨씬 더 격하게 군대와 맞서 싸웠다는 얘기잖아!"

더 많은 장면이 내 머릿속에 스쳤다. 내가 한때 무시했던 광경이었다. 책장으로 만든 칼, 깨진 안경알로 만든 날카로운 조각.

"네 생각보다? 네가 달리 생각한다고 해서 그 애들이 다시 살아나는 것도 아니잖아."

그 애들. 죽은 소녀들을 말하는 거다.

속이 울렁였다. 금방이라도 구역질이 날 것만 같았다. 결국 내 눈에서는 눈물이 흘러내렸다.

"미안해. 정말로 미안해. 이제껏 내가 널 괴롭혀서……."

세민의 손이 문틀을 꽉 잡았다.

"괜찮아. 이젠…… 상관없어."

그는 문을 다시 닫으려 했다.

"잠깐만."

나는 몸으로 문을 막았다.

"뭘 더 바라는데? 내가 괜찮다고 했잖아. 이거 놔."

그때, 이치가 나직하게 그를 불렀다.

"세민아."

저항이 멈췄다. 문이 살짝 열리면서 세민의 모습이 다시금 온전히 보였다.

정말이지 놀라웠다. 내가 온 힘을 다해도 꼼짝 않던 문이 이치의 조용한 말 한마디에 열리다니.

그들은 서로를 응시했다. 이치가 세민의 팔꿈치를 잡았다. 세민은 살짝 팔을 꿈틀거렸지만 손길을 뿌리치지는 않았다.

"세민아, 너의 싸움이 수많은 생명을 보호했다는 사실을 잊지 마."

방에서 흘러나온 빛이 황금빛 조각처럼 이치의 눈망울에서 아른거렸다.

"만리장성에 있는 사람들만을 말하는 게 아니야. 다른 크리살리스에 타고 있던 조종사들도 네 덕분에 목숨을 건진 거야. 넌 혼돈 떼 전부를 혼자 처리했잖아. 그건 무의미한 게 아니라고."

세민은 바닥만 노려보았다. 어깨를 움츠린 그는 뭔가를 간신히 참고 있었다. 이치가 말을 이었다.

"너에겐 우리가 있어. 우리는 널 믿어. 우린 주 지방을 탈환하고 더 많은 사람을 구할 수 있어. 다 함께."

세민은 주저하며 고개를 들었다.

순간 그의 눈빛이 나와 이치 사이를 휙 스치더니, 무언가 깨달은 듯 더욱 날카로워졌다.

그때야 깨달았다. 언제부터인가 내가 이치의 손을 잡고 있었다는 걸. 게다가 이 모습이 어떻게 보였을지, 무슨 뜻으로 해석됐을지 인지했다. 나와 이치는 한밤중에 여기에 함께 달려왔다.

세민의 표정이 냉랭하고 딱딱하게 변했다.

"그래, 알았어. 너희가 날 이런 식으로 동정할 필요 없어. 가……! 가서 행복하게 지내라고!"

그는 우리 앞에서 문을 쾅 닫았다.

제34장

계속 늘어나는
공격 대상

세민이 아머로 감싼 손을 주작의 부리에 대자 붉은 기가 흘러들었다. 그의 정신이 내리는 명령에 따라 부리가 벌어졌다. 세민은 밖에서 몸을 휙 돌려 부리 안으로 몸을 날리더니, 한 손으로 부리의 위쪽을 잡고 몸을 받쳤다. 그 모습은 마치 천지를 가르는 신화 속의 거인 반고(盤古) 같았다.

진실을 알게 된 다음부터 세민과 어떻게 대화해야 할지 알 수 없었다. 하지만 억지로라도 사진 촬영은 해야 했다. 세민이 나 때문에 층층이 쌓인 어두운 진실과 속임수에 끌려들어 와야 했던 것처럼 말이다. 나 역시 그를 도구처럼 이용해 온 수많은 사람 중 하나일 뿐이었다.

이 상황을 어떻게 바로잡아야 할까. 원래대로 되돌릴 방법이 있긴

할까. 모르겠다. 내가 한 짓과 한 말이 나의 발목을 잡았다. 우리는 이미 이 모든 상황에 깊이 빠져들어 버린 후였다. 이제 와서 사과해 봤자 아무 소용도 없을 것이다.

드넓게 펼쳐진 혼돈 야생 구역 위, 희미한 금빛 아우라를 띤 하늘은 눈이 시릴 정도로 맑고 푸르렀다. 보이는 것이라고는 하얀 구름 몇 점이 다였다.

우리의 담당 사진가는 윙윙거리는 카메라 드론을 띄워 사진을 찍었다. 이어폰을 통해 들리는 그의 지시에 따라, 나는 날개를 펴고 공중에서 회전한 다음 주작의 부리 끝에 앉았다. 화하에서 가장 좋은 의약품을 써도 내가 입은 총상은 완전히 낫지 않았지만, 아머를 입고 다니는 동안은 그리 아프지 않았다.

짝 대관식은 조종사의 결혼식과 같기에 완벽한 머리기사 감이었다. 도시 사람들은 결혼할 때 근사한 옷을 대여해 입고 사진을 찍어서 앨범을 만든다. 기사에도 올라갈 겸 우리는 지난 2주 동안 다른 평범한 이들처럼 사진 촬영에 많은 시간을 썼다.

사마의는 우리가 장안으로 떠난 다음에도 혼돈이 공격을 멈추지 않았다고 알려주었다. 지치지도 않는지, 놈들은 그 짧은 기간 동안 무려 네 번이나 공격해 왔다. 날씨가 화창했던 터라 공격은 밤에 집중적으로 이루어졌다고 했다.

혼돈들은 정찰용 드론이 활동하는 동안에는 절대 다가오지 않는다. 그러니 촬영 드론이 날아다니는 지금 공격이 있을 리는 없었지만, 우리는 짝 대관식을 위해 아머를 가져와야 했다. 도난 방지를 위해 조종사들은 보통 본인의 아머를 조종석에 붙여놓는다. 그걸 풀 수 있는 사람은 조종사인 우리뿐이다.

"한쪽 무릎을 위로 올려서 팔로 안아보세요, 무 조종사!"

이어폰을 통해 지시사항이 윙윙거리며 들려왔다.

나는 노려보고 싶은 충동을 겨우 억누르고서 시키는 대로 했다. 카메라 드론이 회색빛 야생 구역을 배경으로 우리 앞에서 날아다녔다. 세민이 한쪽 손을 들어 올린 자세를 취하는 동안, 사진사는 내 자세를 열두 번도 더 바꾸게 했다. 세민의 포즈는 언제나 나보다 쉬운 편이다. 지배적인 느낌이 나는 포즈라면 어떤 것이든 괜찮았다.

그럼 내 포즈는 어땠냐고? 사진가들은 나를 공격적으로 표현해야 할지 순종적으로 표현해야 할지 갈피를 잡지 못하고 갈팡질팡했다.

여자 스타들은 보통 나처럼 뻔뻔하고 되바라진 이미지를 가질 수 없다. 방송 매체에 나오는 여자들은 환하게 웃는 만인의 이상형이거나 사랑스러운 아내, 혹은 남자 주인공의 자상한 엄마다. 아니면 남자 주인공이 악당을 물리치고 받는 보상의 역할이거나, 적에게 살해당하면서 그에게 동기를 부여하는 존재 정도?

공격적인 여성이 있기는 하지만 언제나 악당이기 일쑤였다. 게다가 주인공급 악당도 아니고 주인공과 대립하는 남성 악당을 지지하고 위로해 주는 역할, 다시 말해 악당의 뒤틀린 지성에 아첨하면서 결국은 그를 위해 늘 기꺼이 목숨을 바치는 그런 악녀. 사진가들은 나와 세민을 두고 그런 느낌을 내려고 했지만 잘되지 않았다. 나에게는 세민과는 독립된 나만의 이야기가 있으니까.

세민처럼, 나 역시 외면하기 어려운 존재였다. 그래서 사진작가들이 갈등에 빠지는 것이다. 그들은 나에게 더 소극적인 포즈를 주문하고 얌전한 표정을 지어보라며 애를 쓰다가도, 우리가 지닌 자극적인 상품성이 훼손될까 봐 전전긍긍했다. 그러니 나라는 피사체를 대체 어떻게 해석해야 할지 아무리 생각해도 답을 얻지 못했다. 특히 고구가 촬영장에 없는 오늘 같은 경우는 더욱.

고구는 현재 안록산을 포함한 수-당 쪽 전략가들과 '대화'를 하느라 바쁘다. 하지만 안록산이 압력에 굴복하든 말든, 나는 이미 결정을 내렸다. 그자가 세민에게 한 짓이 있으니 나는 그를 무참하게 죽일 것이다. 계속 늘어만 가는 나의 공격 대상자 명단에서 그는 일순위가 됐다.

이것만큼은 내가 해야 한다.

촬영을 마치고 호버크래프트에 도착하자 독고가라와 마수영이 그들의 반려와 함께 만리장성의 발사대에서 우리를 기다리고 있었다. 이들 모두 최근에 전투를 치른 뒤라 비번이었기 때문에, 고구는 이틀 후에 열릴 나의 짝 대관식에 참석해 달라고 요청했다. 비용 지급에 인색한 그답게 고구는 조종사들을 우리와 촬영 제작진이 타는 호버크래프트에 같이 태웠다.

우리가 다가가자 그들은 몸을 굳혔다. 마수영만이 나를 보고 살짝 미소를 지었지만, 세민을 보자 결국 눈빛이 흔들렸다. 마수영은 작게 한숨을 내쉬며 뒤로 움츠러들었다.

이상했다. 대공급 조종사가 이토록 두려워하다니. 마수영의 반려인 주원장은 그녀를 보호하듯 팔을 들어 올렸다. 주원장은 전직 승병답게 머리를 민 모습이었다. 둘이 머리에 쓴 두껍고 검은 왕관에는 작은 거북이 껍질이 달려 있었다.

나는 휠체어를 타고 그들에게 다가가며 어색한 분위기를 조금이라도 풀어보려고 했지만, 독고가라를 보기만 해도 그녀가 나를 샤워장 벽에 밀쳤던 기억이 떠올라 새삼 분노가 일었다. 나의 정신에 반응한 아머가 멋대로 작동하면서 기력이…….

그러다 무언가 이상한 점을 알아차렸다.

"왜…… 여러분의 기력이 남편들보다 더 강하게 느껴질까요?"

내 말에 마수영과 독고가라는 별로 놀라지 않았다.

"아, 여자의 기력이 좀 더 잘 느껴져서 그래요."

마수영은 어깨를 으쓱이더니 웃으면서 말을 이었다.

"우리가 통증을 더 잘 견딜 수 있는 것과 비슷하죠! 기본적으로 균형 잡힌 짝들은 모두 그래요. 기력만 봤을 땐 여자들이 더 강한 것처럼 보이죠."

찌푸리고 있던 내 얼굴이 누그러졌다.

"정말요? 그렇단 말이죠?"

"네, 당신과…….'

마수영은 수기로 미묘하게 짙어진 눈으로 세민을 슬쩍 바라보았

68

다. 곧 속눈썹을 파르르 떨며 뺨에 홍조를 올린 마수영은 다시 내 쪽을 쳐다보며 말했다.

"당신도 마찬가지예요!"

"하지만 대공비님의 실제 기력은 대공님보다 낮으시죠?"

나는 주원장을 바라보았다. 그는 떡 벌어진 가슴 앞으로 팔짱을 낀 채 세민을 노려보고 있었다. 세민은 살짝 눈살을 찌푸렸지만 고개를 돌리지는 않았다.

마수영이 대답했다.

"그래요. 나는 5,100이고, 남편은 5,800이죠. 하지만 그건 안정적인 상황에서 잰 기본적인 수치일 뿐이에요. 전투에 들어가면 훨씬 더 높이 올라가곤 하죠."

이제야 알겠다.

만약 마수영의 기력이 주원장을 능가할 수 있다면 군대에선 결코 그녀를 주원장과 함께 태우지 않았을 것이다.

"자, 이제 어색한 잡담은 그만해."

독고가라는 날 향해 손을 내저었다. 눈부신 햇살이 그녀의 날개 달린 호랑이 왕관에 반짝이며 부서졌다.

"이거 하나만 분명히 말할게. 내가 이 여행에 참가한 건 그저 장안에 꼭 한번 가보고 싶었기 때문이야. 너와 저 살인자가 올리는 결혼식 따위에는 전혀 관심 없다고."

독고가라는 세민에게 손바닥을 흔들어 보이며 빈정거렸다.

"화내라고 하는 말 맞아."

세민의 눈이 한층 더 가늘어졌다. 그러더니 내가 이해할 수 없는 언어로 대꾸했다.

그러자 독고가라는 깜짝 놀라는 반응을 보였다. 그녀 역시 알아들을 수 없는 말을 내뱉었다. 목을 긁는 듯하면서도 투덜거리는 듯한 말이었다.

저들은 모국어로 대화하고 있었다. 둘 다 선비족 출신이니.

그때, 주원장이 마수영을 등 뒤로 휙 당기며 버럭 소리쳤다.

"더는 못 참겠어! 난 오랑캐 두 명 사이에 끼어서 호버크래프트를 탈 생각은 없다고!"

나는 멍하니 입을 벌렸다.

곧바로 독고가라가 주원장에게 욕설을 내뱉는 바람에 반려인 양견은 그녀를 말려야 했다. 주원장은 하얀색 조종복을 펄럭이며 성큼성큼 자리를 떴다.

"미안해요. 정말로 미안해요."

마수영이 두 손을 내저으며 사과했다. 남아서 이 상황을 설명해야 할지, 아니면 반려를 따라가야 할지 마음을 정하지 못한 듯했다.

"저 사람은 오랑캐의 습격에 가족을 잃었어요. 유난히 오랑캐 얘기에 민감한 편이죠."

나는 피식 웃었다. 명 지방에서 한족과 오랑캐의 갈등이 심해지고 있다는 말은 들었다. 그래서 사원에서도 승려들에게 명상이 아닌 무술을 가르치고 있다는 것도 알고 있다. 아무리 그래도 이 무슨 웃긴 짓이란 말인가.

"하지만 명 지방에 있는 오랑캐는 몽골족 아닌가요? 이 둘은 선비족이잖아요."

내가 대꾸했지만, 마수영은 힘없이 미소만 지었다. 그런 구분은 주원장에게 통하지 않는다는 뜻이겠지.

마수영은 잠시 자리를 비우겠다고 양해를 구한 다음, 주원장의 이름을 부르며 그를 따라갔다. 전족하지 않은 발로 빠르게 뛰는 그녀의 모습을 보자 부러움이 치밀었다.

독고가라는 투덜거리며 자신을 잡은 양견을 떨쳐내고는 조종사복을 매만졌다. 세민도 멍하니 주원장의 뒷모습을 바라보았다.

뜻밖에도, 독고가라가 세민의 팔꿈치를 슬쩍 쳤다.

"힘내시죠, 칸."

그녀는 평소 같지 않은 부드럽고 온화한 목소리로 중얼거렸다. 놀란 세민의 얼굴이 밝아졌다.

그가 무어라 대답하기도 전에 독고가라는 양견의 팔짱을 끼고서 호버크래프트로 걸어갔다.

"칸이 뭐야?"

나는 눈을 깜빡이며 세민에게 물었다. 그는 작게 숨을 몰아쉬었다.

"왕이라는 뜻이야."

나는 휠체어 팔걸이에서 손을 떼었다. 팔걸이를 잡았던 손이 욱신거렸다. 이제껏 이걸 이렇게 꽉 잡고 있었는지도 몰랐다.

앞으로 독고가라가 우리한테 덜 적대적으로 굴게 될까. 그 부분은 장담할 수 없지만, 이번 여행은 어쨌든 꽤 묘한 일정이 될 것이다. 장안에 도착하기 전에 들를 곳이 있기 때문이다. 오늘 우리에게는 석양을 배경으로 아름다운 핏빛 햇살을 받으며 찍는 사진 촬영이 남아 있었다.

바로 나의 고향에 펼쳐진 계단식 논에서.

제35장

이런 엄청난 지옥

내가 떠나 있던 한 달 동안 우리 가족이 내게 연락을 시도했는지는 모르겠지만, 어쨌든 군대가 알려준 바는 없었다. 아마도 가족에게 연락이 없으면 내가 불안해할 거라고 생각하고, 나를 벌주려는 목적으로 알려주지 않았겠지.

사실 가족의 존재를 마음 한구석으로 치워버리는 일은 매우 쉬웠다. 내가 들은 가족 소식은 이치가 전해준 게 전부였다. 이치는 우리 사이의 진실, 그러니까 우리는 숲속에서 만난 사이고 결코 선을 넘은 적은 없으며, 가족이 우리 관계에 대해서 다시는 말하지 않는다는 조건으로 내 남동생을 가까운 도시에 있는 전자제품 수리공 견습 학원에 보내주겠다는 제안을 했다고 한다. 앞날을 내다보고 일을 처리하는 사려 깊은 이치에게 고마웠다. 물론 우리가 호버크래프트의 밧줄 사다리를 타고 내려오자마자 가족들은 질문을 하고 싶어 거의 안달이 난 모습들이었지만 적어도 이치와 내 이야기는 절대로 꺼낼 수 없었다.

그럼에도 불구하고, 가족을 다시 만난 자리는 끔찍한 재앙으로 변하고 말았다.

촬영팀이 계단식 논에서 촬영할 만한 좋은 자리를 찾으러 나가자, 인기 조종사들을 본 이웃 사람들은 그쪽으로 몰려들었다. 그동안 우리 가족은 나를 한쪽으로 끌어당겨 조부모님 방으로 데려갔다.

아버지는 지난 한 달간 가족이 겪은 일을 두고 나에게 다짜고짜 소리쳤다. 내가 양광을 '살해'했기 때문에 마을 사람들이 자신들을 어마어마하게 괴롭혔다는 것이다. 뒤에서 수군대는 것뿐만 아니라 대놓고 자신들을 비난했으며, 우리 집에 오물을 투척하고 담벼락에 '살인자'라는 낙서를 했단다. 아버지는 내가 미디어를 통해 얼마나 많은 돈을 벌고 있는지, 또 왜 이제껏 한마디도 소식이 없었는지, 그리고 이 비참한 마을에서 가족을 구해내려는 시도를 왜 하지 않는지에 대해 물으며 답을 하라고 강요했다.

내가 모든 수입은 주 지방을 탈환하는 데 쓰인다고 더듬더듬 말하자, 아버지는 말 그대로 분통을 터뜨렸다.

아버지의 쩌렁쩌렁한 목소리에 더러운 벽이 덜덜 떨렸다.

"우리가 널 낳아 기르고 입히고 먹였는데, 어떻게 이런 취급을 하는 게냐? 너 때문에 지옥에 떨어진 가족을 구할 생각도 하지 않다니! 그래, 넌 항상 배은망덕한 년이었어. 넌 우리가 이런 변방 빈민촌에서 썩어가면 좋겠지? 그래서 혼돈이 만리장성을 부수고 들어와 우리를 제일 먼저 죽이길 바라는 거지?"

온몸이 부들부들 떨렸다. 거짓으로라도 아버지가 원하는 답을 해주지 않으면 무슨 일이 일어날지 알기 때문이다.

항상 그랬으니까.

하지만 내가 왜 거짓말을 해야 해? 틀린 건 아버지 쪽인데.

"그래. 그렇게 살다가 죽으면 좋겠어. 그게 뭐?"

나는 팔을 확 휘둘렀다.

경혈로 흐른 기가 갑옷을 은백색으로 물들이고 눈과 피부에 냉기를 일으키자, 얼굴까지 시뻘게졌던 아버지의 분노는 곧 사그라들었다. 내가 발산하는 빛을 본 나머지 가족들은 눈을 휘둥그레 뜨고서 주춤주춤 물러섰다.

나는 계속 소리쳤다.

"다들 날 도구로만 봤잖아. 안 그런 척하지 마! 나를 양광의 첩으로 팔아넘겼을 때도 좋아했으면서. 그런데 말이야, 양광이 언니를 죽인 게 맞더라. 양광과 정신 연결을 했을 때 다 확인했다고! 당신들이 우리를 소중히 여겼더라면 애초에 이런 일은 일어나지 않았을 거야! 그러니 그 결과에 대해서도 당연히 책임져야지!"

어머니가 두 손으로 입을 틀어막았다. 무서워서 크게 울지도 못하고 부들부들 떨며 숨죽인 채 흐느꼈다. 창문에서 뿌연 햇살이 비쳐오는 가운데 어머니의 눈시울이 붉게 물들었다. 한 달 전 내가 가족을 떠나며 이치를 여기 두고 갔을 때, 이치가 서 있던 바로 그 창문에서 오늘도 빛이 들어오고 있었다.

그 모습에 가슴이 아팠지만 어머니에게 더는 할 말이 없었다.

그래서 휠체어를 빙글 돌려 방을 나갔다.

아머의 날개를 등 뒤로 휘적휘적 움직이며 휠체어를 타고 뒷마당으로 나간 나는 돼지우리 근처에 멈춰 섰다. 우리 집 돼지들은 고약한 냄새를 풍기며 진흙 속에서 뒹굴고 있었다. 어쩌면 저 냄새가 촬영 준비를 마치는 동안 내가 다른 생각을 안 하도록 도와줄지도 모르겠다.

하지만 오래지 않아 누군가의 발소리가 들렸다.

처음에는 남자의 발소리인 줄 알고 마음이 불안했는데, 놀랍게도 마수영이었다. 주원장은 함께 오지 않았다. 오랑캐와 한자리에 있기 싫어했던 그가 화물용 호버크래프트를 탔기 때문이었다.

마수영은 부드러운 눈빛으로 내게 몸을 숙였다.

"있죠, 당신 집 화장실을 쓰려고 왔는데 당신 어머니가 이걸 전해 달라시더군요."

그녀는 인형을 내밀었다. 임신을 기원하는 인형으로, 우리 마을이 있는 산촌 지방에서 어머니가 딸을 시집보낼 때 주는 선물이었다. 딸이 아기 적 입던 배내옷을 잘라 만든 다음, 속을 마당의 흙으로 채운 인형은 모성을 축복하는 의미가 있었다.

마수영은 내 손에 인형을 쥐여주었다.

"어머니가 그러시는데 조종사의 결혼식이 어떻게 진행되는지는 몰라도, 당신이 곧 아기를 갖기를 바라신다는군요."

나는 어린 시절 한때 나를 따뜻하게 감쌌던 천을 멍하니 바라보았다. 빛바래고 보풀이 오른 천으로 만든 인형의 얼굴에는 어설픈 미소가 바느질되어 있었다.

정말이지, 너무나도 잘못된 선물이었다. 아기를 갖는다는 건 내가 가장 원하지 않는 일이니까. 어머니는 그 점을 이해하지 못한다. 나를 이해하지 못하는 거다.

그런데도 눈시울이 뜨거워지기 시작했다. 시야가 떨리면서 흐릿해졌다. 나는 눈물을 참으며 인형을 꽉 쥐었다. 화장한 얼굴 위로 눈물 자국이 남아선 안 되기에 온 힘을 다해 억지로 눈물을 삼켰다.

그리고 아무렇지 않은 척 한숨을 내쉬었다.

"어머니는 왜 이걸 나한테 주지 않고 대공비님께 주었을까요."

"내가 보기엔 당신을 조금 무서워하시는 것 같았어요."

마치 묵직한 돌덩이 사이에 끼인 것처럼 가슴이 아팠다.

마수영은 입술을 깨물며 바닥을 내려다보다가 이내 나와 눈을 마주쳤다.

"저기 말이죠, 무슨 일이 있었는지 우연히 들었는데요. 내가 당신이었다면 가족을 장안으로 보냈을 거예요."

"뭐라고요? 그럴 만한 자격이 없는 사람들이에요."

내 목소리는 떨려 나오긴 했어도 제법 사납게 울렸다.

"하지만 가족 분들이 이곳에서 고생하고 있는 것도 사실이잖아요. 당신 때문에 이웃 사람들이 가족을 못살게 굴었다는 건 둘째 치고, 변방에 살아도 괜찮은 사람이 세상에 어디 있나요?"

마수영은 손짓으로 주변을 가리키며 말을 이었다.

"당신 가족이 불행한 이유가 뭐라고 생각해요? 만약 당신이 가족을 여기서 해방시키고 이제껏 부족했던 먹거리와 안전을 보장해 준다면, 그들도 변할 거라고 생각해 본 적은 없어요?"

"그들을 달래봤자 상황이 악화될 뿐이에요."

나는 임신 기원 인형을 으스러지게 잡았다. 실로 수놓은 미소가 불룩하게 일그러졌다.

"이제껏 계속 나빠지기만 했다고요. 어머니와 할머니는 평생 아버지와 할아버지의 눈치를 보고 비위를 맞추며 살았어요. 하지만 남자들은 조금도 변하지 않았죠. *상대에게 맞춰주기만 하는 걸로는 날 사랑하거나 존경하게 할 수 없어요.*"

"그걸로는 문제의 근원을 해결할 수 없기 때문이에요. '먹을 것 없는 산과 더러운 물은 사람을 망친다.'라는 속담도 있잖아요."

"그건 변명이 될 수 없어요! 이곳에 사는 사람들이 모두 가족들에게 상처 주며 살아가는 건 아니에요. 모두 변방에 살며 먹을 것이 부족한데도 말이죠!"

마수영의 눈에 흐릿한 빛이 반짝였다.

"하지만 *당신에게 진정한 가족은 이들뿐이잖아요.* 이토록 큰 기회가 왔는데, 가족들이 바뀔 수 있도록 도와주지도 않고 그들을 포기하고 싶은 거예요?"

나는 고개를 저으면서 화장이 번지지 않도록 조심스레 손끝으로 얼굴을 쥐었다. 가족과의 싸움을 마수영 같은 조종사에게 들켜버리다니 얼마나 창피한가. 나는 속으로 고구의 쩨쩨한 행동을 저주했다. 따로 호버크래프트를 보내서 조종사들을 데려올 것이지 어째서 우리의 촬영 일정에 이들을 끼워 넣었나. 내가 보기에 아버지가 벌이는 추태를 막기 위해선 광선포를 쏘겠다고 협박해서 공포를 자아내는 수밖에 없었다. 내가 아머를 입고 왔으니 망정이지…….

순간, 등줄기가 오싹해졌다.

나는 다시 집을 바라보았다.

우리가 떠나면 아버지는 또 얼마나 끔찍한 짓들을 해댈까?

나는 휠체어를 조작하며 숨을 헐떡였다.

"어머니와 할머니는……, 두 분은 당연히 우리와 함께 가야 해요. 안 그러면 우리가 떠나는 즉시 아버지가 두 분에게 끔찍한 화풀이를 할 테니까요."

마수영은 나와 함께 돌아섰다. 그녀가 쓴 조종사 왕관 위로 올림머리가 흔들렸다.

"어머니와 할머니가 정말 두 분만 떠날 수 있을 거라고 생각해요?"

나는 멈칫하고 말았다. 어떤 대화가 오갈지 상상하는 건 어렵지 않았다.

난 그냥은 못 가.

여기가 내 집이야.

우리 가족이 여기 있어.

그래도 내 남편이잖니.

나는 무릎에 둔 임신 기원 인형을 거칠게 쥐었다. 이것이야말로 두 분이 평생 알아온 삶이다. 사람들이 골라준 남편과 결혼해서 그를 섬기며 아이를 낳아 기르는 삶. 평생 자신의 자존감을 두드려 부수어 남자에게 어울리는 형태로 만들기만 하는 삶. 그들은 그 삶과 분리되느니 차라리 무너지는 길을 택할 것이다.

어머니와 할머니에게 그 삶에서 나오라고 설득할 수는 없을 것이다. 그건 확실하다. 이치 또한 나에게 이곳을 떠나라고 한 적은 없다.

나 역시 이곳을 떠나도 잘 살 수 있다고 믿었던 적이 한 번도 없었다. 다른 삶을 구체적으로 상상해 본 적도 없었다. 이곳을 떠난다면 모든 게 나쁘게 변하고, 훨씬 더 심한 지옥으로 떨어질 거라고 생각하며 무서워했다. 모든 게 변하도록 내버려 두어도 괜찮다고 안심시킬 수 있는 확실한 맥락이 부족했다.

그런 두려움 때문에 나는 이치의 제안을 거절했고, 이치는 그런 내 모습을 결코 약하다고 하지 않았다.

마수영은 내 휠체어 앞에 웅크리고 앉아 나직한 목소리로 말했다.

"세상에는 아무리 좋게 보려 해도 구제 불능인 사람이 있어요. 그런 사람들의 마음에는 우리와는 다른 무언가가 새겨져 있는 것 같죠. 하지만 우리 인간은요, 대부분 우리가 통제할 수 없는 그 무언가의 영향을 받아 이렇게 사는 거예요. 심지어 주기적으로 남에게 해를 끼치거나 죽이는 사람들도 마찬가지예요."

날카로운 통증이 나의 심장을 꿰뚫었다. 나는 세민이 고생하는 모습을 머릿속에서 애써 떨치면서 우리 집을 외면했다.

마수영은 날카로운 눈빛으로 나를 계속 바라보았다.

"사람들 중에는 다른 사람에게 고통을 주어야만 자신의 고통이 줄어든다는 그릇된 믿음을 가진 채 살아가는 안타까운 이들도 있죠. 하지만 알고보면 그것 말고는 달리 배운 게 없어서 그럴 수도 있어요. 기회가 주어진다면 변할 가능성이 있는 거죠. 동정심을 조금 베풀어보는 게 의외로 성공적일 수도 있답니다."

"네, 어쩌면 그럴 수도 있겠네요."

나는 우리 집 돼지가 우리 안으로 들어가는 모습을 지켜보았다. 저 돼지는 이 축사를 떠난 적이 한 번도 없으니, 세상이 온통 더러운 쓰레기장이라고 생각하며 살겠지.

"미안해요. 내가 너무 오지랖을 부렸나 봐요."

마수영은 이마를 긁으며 일어섰다.

"아녜요, 괜찮아요."

나는 미소를 지으며 손을 저었다.

그녀도 미소를 지었지만, 빛나는 눈망울은 진심을 담고 있었다.

"난 그저…… 구원의 기회가 있는 가족이 무너지는 모습을 보고 싶지 않았어요. 가족은 싸워서라도 지킬 가치가 있거든요."

"저도 그랬으면 좋겠네요."

나는 임신 기원 인형의 비뚜름한 미소를 손으로 쓸었다.

양광을 죽이기로 결심하면서 나는 한때 가족을 포기했었다. 하지만 지금은 다르다. 고구에게 우리 가족이 잠시 그의 저택에 머물게 해달라고 부탁하는 것은 전혀 어렵지 않을 것이다. 그 저택에는 공간이 충분하고, 고구는 나에 대해서 기꺼이 더 많은 정보를 캐내려 할 테니까.

만약 내가 지금 가족에게 아무것도 남겨주지 않는다면, 순전히 내 인색하고 옹졸한 마음 때문에 어머니와 할머니를 파멸에 몰아넣는 것이나 마찬가지다.

사람들은 저마다 다른 세상에서 살아간다. 그리고 너무나 많이 원치 않는 결정들을 내리곤 한다. 하지만 세상엔 그저 박차고 나가거나, 끊어버리는 것 이상의 무언가가 필요한 법이다.

나는 세민을 편견에 찬 눈으로 너무나 여지없이 판단했다. 어쩌면 우리 가족도 더는 힘든 삶을 살지 않게 되면 놀랄 정도로 다른 모습을 보여줄지도 모른다.

그리고 또 하나. 언니는 이 가족을 위해서 죽었다. 그러니 내가 이 가족을 포기하는 걸 원치 않을 것이다.

"그나저나 너 정말 한심하다."

우리가 장안에 도착한 날 밤, 고구의 저택 안 어둑한 복도에서 독고가라는 나를 비웃었다.

"네?"

나는 하늘하늘한 등불 빛의 동그란 반경 아래에서 휠체어를 멈추었다. 하녀들이 내 분장을 세안제로 열심히 지워준 후라 나의 머리카락은 아직도 젖은 채였고, 목에 두른 수건에는 물기가 스며 있었다.

독고가라는 구름과 용을 추상적으로 표현한 벽화에 기댔다.

"너희 가족이 너한테 하는 말을 들었어. 그럼에도 불구하고 네가 한 행동은……."

아, 마수영만 들은 게 아니었군.

"음……."

일단 입을 열기는 했지만, 무어라 말해야 할지 알 수가 없어 다음 말로 이어지지 못했다.

독고가라는 팔짱을 꼈다. 그녀의 얼굴 반쪽은 등불 빛이 비쳤고, 다른 반쪽은 그림자가 졌다.

"용서를 그토록 쉽게 베풀어선 안 돼."

내 입에서 메마른 웃음이 새어 나왔다.

"아, 그래요? 그렇다면 우리는 지금 당장 서로의 얼굴을 잡아 뜯어야겠네요?"

독고가라의 움푹 팬 눈이 나를 사납게 바라보았다.

"우리끼리는 용서하고 말고 할 게 없지. 이건 그저 편의상 서로를 봐주는 거라고나 할까. 내가 안 보는 새에 나한테 칼을 꽂지 마. 그럼 나도 네가 내 망루를 차지하려 한 짓에 대해 복수하지 않을 테니까. 알았어?"

독고가라의 독선적인 모습에 본능적으로 화가 치밀었던 것도 잠시, 나는 온도가 적당히 조절된 복도의 공기 속에 서린 공포의 기운을 느꼈다. 독고가라는 자신이 샤워장에서 내게 했던 일 때문에 자신의 망루에 우리가 불쑥 들어갔던 일에 무척 화가 났는데도 나에게 어떤 말도 하지 않은 듯했다.

나를 더는 괴롭힐 수 없다는 걸 본인도 느낀 것이다.

나는 의미심장한 눈빛으로 독고가라를 바라보았다.

"좋아요. 그렇게 하죠."

그녀는 눈을 흘기더니 말을 이었다.

"너희 가족은 너한테 주지도 않은 걸 맡겨놓은 양 내놓으라고 하고 있는 거야. 그런데도 너는 그냥 그걸 준 거고."

그 말이 아픈 곳을 찔렀지만, 난 아무렇지도 않은 척 대답했다.

"아무럼 어때요. 난 그저 고구에게 말만 전해두었을 뿐이에요. 말 그대로 손가락 몇 번 까딱한 것뿐이라고요."

"그런 식으로 가족에게 말려드는 거라고. 앞으로는 이것 하나만 해주면 되는데 왜 이것도 못 해주냐며 너를 이기적이고 나쁜 인간으로 몰아갈걸? 알고 보면 전부 다 개소리인데. 잘 들어. 네가 남을 위해 뭔가 해줄 능력이 있다고 해서, 그걸 꼭 해야 할 의무가 있는 건 아니야. 특히 네가 해준 것에 감사조차 하지 않는 인간들이라면 더더욱."

"그거…… 혹시 당신 이야기예요?"

"맞아. 흥!"

독고가라는 솔직했다.

"내가 돈을 많이 벌고 유명해지니까 갑자기 나한테 살가워진 친척이 셀 수도 없을 만큼 많이 생겼어. 처음엔 좋더라. 가족 모임에 나가서 칭찬받고 형제자매와 사촌을 모두 능가하는 존재로 추앙받았거든. 이모나 고모나 삼촌네가 집세를 못 내거나 빚쟁이에게 쫓기거나 아이를 좋은 학교에 보내고 싶다면서 큰돈이 필요하다는 이야기를 들으면…… 뭐, 가족을 도와주는 건 자연스러운 일이라고 생각했지. 그래서 돈을 줬어. 그런데 다음에는 무슨 일이 일어났게? 정신 차려 보니 직업도 없이 놀고먹는 친척들을 네 집이나 먹여 살리고 있었지 뭐야. 비싼 학교에 들어가서는 엉망인 성적을 받아오는 남자애 셋의 학비를 대고, 도박에 빠진 애를 다섯이나 지원했어. 도박하는 놈들이 최악이었지. 하는 말도 똑같았어. 이번에는 진짜 빚쟁이들이 손가락을 잘라버린다고 했다면서, 한 번만 도와주면 다시는 안 그러겠다나. 하지만 정말 그랬겠어? 똑같은 일이 또 벌어졌지."

"저런……."

"1년 반쯤 지나니까 알겠더라. 다른 사람 문제는 본인이 알아서 해결하게 내버려 둬야 한다는 걸 말이야."

독고가라는 머리를 벽에 탁 대며 말을 이었다.

"결국 내가 친척들과 연을 끊으니까 어떻게 됐는지 알아? 그들이 나에게 온갖 욕을 퍼부었어. 그리고 갖가지 나쁜 소문을 퍼뜨렸지. 내가 가장 많이 도와주었던 사람들이 이제는 날 가장 싫어해. 그래서 난 삼촌들이 손가락 몇 개가 잘렸대도 더는 신경 안 써. 손가락이 소중하면 도끼 아래 손을 넣질 말았어야지."

나는 숨을 크게 들이쉬었다가 길게 한숨을 쉬었다.

"제 경우엔 그렇진 않아요. 당신하곤 다르다고요."

"그렇겠지. 다들 자기는 다르다고 하더라고."

"진짜라니까요! 전—."

"너도 알겠지만, 다른 사람 앞에서는 약한 척하지만 알고 보면 포식자인 부류가 있어. 우리 같은 사람에게는 그런 부류가 가장 위험해."

나는 멈칫했다. 온몸이 오싹해진 건 목에 걸린 수건이 식어서일까? 그래, 그래서일 거야.

"우리 같은 사람이라뇨?"

"제아무리 심하게 공격당하고 욕을 먹어도 절대 꺾이지 않지만, 누군가 부드럽게 어루만지거나 상냥하게 말을 걸면 곧바로 무너지는 사람 말이야."

복도 한복판에서 발가벗겨진 것처럼 온몸의 기가 부르르 떨렸다.

독고가라의 눈빛이 나를 꿰뚫었다.

"넌 처음에 마음먹은 그대로 밀고 나갔어야 했어. 남이 뭐래도 절대로 약해지지 마. 약해지는 모습을 보이고서도 존경받는 사람은 이제껏 세상에 없었어. 네가 한 일이 뭔지 알아? 널 쓰레기처럼 대해도 아무 대가도 치를 필요가 없다는 걸 가족들에게 알려주었을 뿐이야."

나의 두 손은 휠체어 팔걸이를 쥐었다가 폈다를 반복했다.

"당신이 무슨 상관이죠?"

"너무 쉽게 용서해 주는 여자들 때문에 이 세상에 감투 쓴 개자식들이 날뛰고 다니는 거야. 그런 자식들을 없애는 게 나한텐 최우선이거든. 물론 혼돈도 죽여야겠지만."

"그렇군요. 우리 가족에서 개 같은 남자들을 떼어버리는 게 제가 하고픈 일이거든요. 우리 가족의 여자들이 순진할수록 그 굴레를 깨려면 더 큰 추진력이 필요한 법이니까요."

"그렇다면야 뭐. 하지만 내 말 명심해. 언젠가는 네 결정 때문에 뒤통수 맞을 날이 올 거야."

다시금 반박하고 싶은 말이 목구멍까지 올라왔지만, 독고가라는 내가 입을 열기도 전에 성큼성큼 멀어졌다.

제36장

왕관

대관식 날이 되었다. 해가 뜨기 전, 나는 이치의 따뜻한 품에서 깨어났다.

이치가 아닌 다른 사람의 반려자가 되는 날이라고 생각하니 기분이 묘했다. 만리장성으로 돌아간 후에도 우리의 관계는 계속되겠지만 지금과 같진 않겠지. 나는 이치에게 절망적이고 다급한 마음을 담아 입을 맞추며 내겐 너무나도 익숙해진 그의 피부를, 빼곡히 문신이 새겨진 그의 몸을 쓸어내렸다.

분장실에 도착했을 땐 이미 지각이었다.

그곳엔 어머니가 있었다. 예상했던 대로 고구는 기꺼이 우리 가족을 데려왔다. 그들의 얼굴을 보자 나는 생각보다 기뻤다. 적어도 어머니와 할머니에겐 간혹 의지할 마음이 들곤 하니까.

제작사 직원들의 도움을 받아 목욕을 마치자, 어머니는 창문을 열고 내 머리를 빗겨주겠다고 고집을 부렸다. 그것이 결혼식 전에 치러야 할 의식이라면서. 어머니는 정말로 이것을 결혼식이라고 여기고 있었다. 여기 온 지 이틀밖에 되지 않았지만, 어머니는 그 기간 동안 경험한 도시의 멋진 삶에 대해 호들갑을 떨었다. 그 모습이 싫지 않았다. 오히려 살짝 미소마저 지어졌다.

하지만 무엇보다도 어머니는 내가 '결혼'을 한다는 데 무척 기뻐하고 있었다. 어머니가 이토록 행복해하는 모습은…… 처음인 것 같다. 결혼하고 난 뒤로 평생 몸이 부서져라 살아왔으면서, 똑같은 길을 가는 딸을 보고 이토록 기뻐하다니. 그렇게 생각하자 오히려 슬프고 고통스러웠다.

어머니가 부부의 해로와 장수를 기원하는 의미를 담아 내 머리카락을 백단나무 빗으로 여러 번 빗는 동안, 내 머릿속에서는 마수영과 독고가라가 했던 서로 다른 말이 부딪쳤다. 하지만 그들이 각각 어떤 존재인지 생각해 보면 답은 뚜렷하게 나온다. 나는 독고가라처럼 쓰라린 마음으로 무너지고 싶지 않다. 마수영처럼 적어도 어설프게나마 행복해지고 싶다.

나의 어머니와 할머니도 그랬으면 좋겠다.

두 사람을 가로막고 있는 건 마음속의 고정관념이다. 가족을 돌보는 것 외에는 여자가 의미 있게 살 방법이 없다는 아주 오래되고 고리타분한 생각 말이다. 나는 두 사람에게 그게 사실이 아님을 보여줄 것이다. 우리는 더 많은 것을 하며 살 수 있다. 정의를 위해, 변화를 위해, 복수를 위해, 그리고 권력을 위해 살 수 있다.

짝 대관식은 장안에서 가장 호화로운 호텔인 금련의 연회장에서
열렸다. 당연히 그 호텔 역시 고구의 소유였다.

살인자 두 명을 위한 호화로운 의식을 군대의 기금 모금으로 충당
하는 것은 문제의 소지가 될 수 있었지만, 고구는 그 논란을 슬그머
니 피해 갔다. 결혼식 좌석은 전쟁 물자 마련이라는 명목으로 경매
에 부쳐졌고, 수석전략가 제갈량이 몸소 만리장성에서 날아와 결혼
식을 주관했다. 나는 지난 2년간 세민에게 주지 않았던 조종사 왕의
칭호를 뒤늦게나마 수여해야 한다고 중앙사령부를 설득했다. 지금
이야말로 세민에게 조종사 왕관을 씌워줄 완벽한 구실이었으니까.
세민은 조종사 왕의 가족에게 주는 상금을 포기해야 했지만, 이 대
관식을 생중계하는 고구는 우리의 결혼으로 결혼식 비용보다 훨씬
더 많은 돈을 벌 수 있다.

수석전략가 제갈량이 개회사를 통해 우리의 힘과 잠재력을 설명
하는 동안, 세민은 두 번째 무대의 휘장 뒤에 서서 먼저 등장할 준비
를 했다. 이치와 사마의, 나는 어두운 옆방에서 기다리고 있었다. 무
척 정교하고 아름다운 왕관을 쓴 채로, 나는 신부의 모습을 감추기
위해 입은 무거운 망토를 움켜쥐고 의자에 간신히 앉아 있었다. 이
치는 왕관을 금실로 짠 방석 위에 얹고서 그 위를 붉은 비단 천으로

덮었다. 그리고 사마의는…… 사마의는 그냥 여기 있고 싶어 했다.

이윽고 휘장이 열렸다. 꿀처럼 빛나는 황금색 조명이 세민을 비추자 화하에서 가장 부유한 사람들이 환호성을 질렀다. 값비싼 명품 예복을 걸친 사람들은 반짝이는 대리석 연회장에 놓인 88개의 식탁에 나누어 앉아 있다가 일어섰다. 빨간 식탁보 위의 접시들 옆에 놓인 종이부채를 보니 마치 낙엽이 죄다 떨어져 끝나버린 가을날이 떠올랐다. 오늘 분위기는 우리가 장안에 처음 도착했을 때의 반응에 비해 눈에 띄게 부드러워져 있었다. 우리를 둘러싼 논란은 여전히 많았지만, 지금 우리는 단연 스타였다. 이곳에 모인 사람들은 내가 죽인 양광이나 세민이 죽인 가족 따위에 신경 쓰지 않는다. 그저 이 결혼식에 자리를 얻어 참석했다고 대대손손 자랑할 수 있다는 게 중요할 뿐이었다.

집에서 보고 있는 시청자들을 따져보자면…… 뭐, 대관식을 보고 우리를 더 미워하게 될지도 모르지만, 그들 역시 욕을 하면서도 방송을 볼 거다. 그러니 방송국 수익을 올려주기는 마찬가지다.

우레와 같은 박수갈채 사이로 세민의 갑옷이 철컹거리는 소리가 묻혔다. 그는 제갈량 쪽으로 당당하게 걸어갔다. 금가루가 뿌려진 듯한 화려한 붉은 띠가 세민의 목을 둘러 군대에서 채운 목걸이를 가리고 날개 사이로 늘어졌다. 금속 깃털로 이루어진 어깨받이 사이로 끈 두 개가 더 흘러나와 반질반질한 무대 위로 소리 없이 나부꼈다.

수석전략가 제갈량이 말했다.

"인류해방군은 전쟁에 독보적인 공을 세운 이세민을 219년과 220

년 통일 화하의 조종사 왕으로 선포합니다!"

이치와 나는 재빨리 미소를 주고받았다. 이치가 왕관을 얹은 방석을 들고 나가자 다시금 참석자들의 환호와 박수가 일었다. 그는 무대를 가로지르면서 붉은 비단 덮개를 확 벗겨 왕관을 드러냈다. 숨죽인 중얼거림이 참석자들 사이에 퍼졌다. 모두들 압도당한 듯 보였다. 그럼 2주 동안이나 광고한 대관식에서 그저 깃털 몇 개 달아놓은 보통 왕관을 쓸 줄 알았나?

나는 슬며시 웃었다.

두고 *봐*.

그 순간, 세민이 기분 나쁘다는 표정을 지으며 아머를 두른 손가락을 하나 올렸다. 이치는 즉시 멈춰 섰다.

알 수 없는 표정으로 고개를 숙인 세민이 손가락으로 왕관을 만졌다. 그리고 진하게 아이라인을 그린 눈을 감았다. 붉은 기가 아머의 척추 보호대를 타고 올라 왕관으로 흘러갔다.

그러자 왕관의 깃털이 살아서 펄럭였다.

세민의 아머에서 나온 기 금속이 왕관에 흘러 들어가며 깃털 모양으로 변했다. 새로운 깃털이 이어지며 마치 컨베이어 벨트처럼 이전의 깃털을 밖으로 밀어냈다. 이어서 마치 새가 억수로 내리는 빗방울을 털어내듯 날개가 왕관에서 꿈틀대며 왕관 밖으로 비집고 나왔다. 연회장의 손님들은 한껏 즐거운 표정으로 숨을 몰아쉬었다.

날개들이 점점 더 크게 퍼덕였다. 왕관 옆으로 뻗은 두 쌍의 날개는 왕급 조종사만이 다룰 수 있을 만큼 거대하고 장엄했다. 두 줄로 이루어진 왕관도 꿈틀대며 구불구불 꼬인 불꽃 형태로 변했다. 날개 사이로 진홍색 굵은 가시가 왕관 위에 수정처럼 불쑥 솟아올랐다.

손님들의 환호성이 점점 높아졌다. 벌써 얼큰히 취한 양견은 유명 조종사들이 가득 앉은 테이블에서 공중으로 손가락을 튕기며 "그러어어어치!"하고 새된 소리를 질렀다. 옆에 앉은 독고가라는 반려를 노려보았지만 그를 말리지는 않았다.

수석전략가 제갈량이 손가락에 힘을 주어 무거운 왕관을 들어 올렸다. 기 금속에 연결된 사람에겐 가벼워도, 그렇지 않은 사람에겐 납보다 무겁게 느껴질 것이다.

"명예의 전당에 오르신 것을 축하드립니다, 왕이시여."

제갈량은 세민의 머리에 왕관을 씌우며 웃었다. 세민은 왕관을 쓰기 위해 아주 깊이 고개를 숙여야 했다.

세민이 다시 몸을 펴고 눈을 뜨자, 그의 원래 기인 화기뿐만 아니라 두 번째 기인 토기가 함께 빛났다. 얼굴과 목 피부 위로 보이는 경혈은 용암이 흐르는 길이자 금빛 문양처럼 보였다. 세민의 홍채는 두 가지 색으로 빛났다. 노란색 고리 안으로 악랄하리만큼 붉은 빨간색 홍채가 광채를 뿜었다. 몰아치며 번뜩이는 기의 흐름이 아머와 왕관을 휘젓고 들어가자 온몸과 머리가 불타오르는 듯 보였다.

드디어 그는 완전해 보였다. 진정한 조종사처럼.

옆에서 훌쩍이는 소리가 들렸다.

"사마의 전략가님…… 울어요?"

놀랍게도 그는 부인하지 않았다.

"우리가 재를 포로수용소에서 데려왔던 때가 아직도 기억나. 엿새가 지나서야 겨우 한마디를 했었지."

사마의는 손가락으로 눈물을 닦고는 내 어깨를 툭 쳤다.

"어쨌든, 이제 나갈 차례야."

나는 건성으로 투덜대면서 사마의의 부축을 받아 자리에서 일어섰다. 아직 상처가 다 낫지 않았지만 아머 덕분에 일어설 수는 있었다. 나는 휘장이 넓게 쳐진 무대 뒤편으로 조심스럽게 올라갔다. 제갈량의 윤곽이 휘장 너머로 비치는 중앙 무대에 서자 심장 박동이 빨라졌다. 그는 균형 잡힌 짝이 서로를 성장시키는 법에 관해 이야기하며 나와 세민을 구원하기 위한 과정의 첫 씨앗을 뿌렸다.

고구는 며칠 전 우리에게 이런 말을 했었다.

"진심 어린 속죄의 이야기만큼 사람들이 감동하는 건 없소. 당신들이 승리했다면, 특히 전투가 한창 치열한 수준에 달했을 때 자기희생적인 행동을 보이며 승리한 후라면 제아무리 못된 비평가라도 당신들을 계속 미워할 도덕적인 정당성이 과연 있는지 알 수 없게 될 거요. 그리고 당신들이 가진 강렬하고도 모호한 인물상은 앞으로 오랫동안 화젯거리가 되겠지."

귓가가 두근두근 울리는 바람에 하마터면 내 등장 순서를 놓칠 뻔했다.

"다음으로는 불가능을 가능으로 만든 소녀, 무측천을 소개합니다!"

휘장이 휙 갈라졌다. 조명이 눈이 찌를 듯이 환했다. 나는 순간적으로 눈을 꼭 감았다. 몇 초간의 환호성이 이어진 후에야, 나는 천천히 눈을 떴다.

이치와 제갈량 수석전략가는 다시 무대 옆쪽으로 물러섰다. 나는 무거운 망토를 끌고 무대를 걸어가 세민의 곁에 섰다. 가는 내내 세민에게도 하객들에게도 눈길 한 번 주지 않았다. 하객들은 마치 눈으로 엑스레이라도 찍으려는 듯 사이사이로 몸을 내밀어 내가 걸친 망토를 자세히 관찰했다.

나는 그들의 눈길에 동요하지 않았다.

그리고 모든 이들의 시선이 망토에 고정된 순간, 망토의 끝을 안에서 풀어 아머의 날갯짓으로 휙 날렸다.

하객들은 놀라움의 탄성을 질렀다. 양견은 술잔을 든 채로 양팔을 위아래로 휘둘렀다가 술잔의 반을 독고가라에게 쏟고 말았다.

나의 대관식 복장은 복잡한 디자인은 아니었지만 충분히 웅장했다. 불사조 꽁지깃 같은 기다란 아머의 치마 아래로 투명하게 비치는 빨간 비단이 풍성하게 넘실거렸다. 비단 자락은 거의 내 키만큼이나 넓게 펼쳐졌다. 나는 세민이 내 머리에 왕관을 씌워줄 수 있도록 넘실대는 자락을 순식간에 거두었다. 바닥 근처에서는 투명하고 빨간 비단 밖으로 금빛 깃털들이 폭풍처럼 소용돌이쳤다. 내 아머의 다른 부분에는 금실에 엮인 루비가 방울방울 늘어져 있었다. 내 어깨 보호대에도 세민이 단 것과 같은 금가루 뿌린 끈이 달려 있었다.

고개를 돌려 세민을 올려다보면서 나는 정교하게 꾸민 머리의 무게에 고개가 흔들리지 않게 하려고 애썼다. 지금 내 머리는 여러 개의 가발을 돌돌 말아 올린 형태였다. 거기다 보석으로 장식한 금 핀을 잔뜩 꽂은 모습은 태양광을 떠올리게 했다. 솔직히 내 머리에 왕관을 올릴 공간은 거의 남아 있지 않았다.

"무측천."

세민의 말이 마이크를 통해 연회장 곳곳으로 전달되었다. 하객들이 일제히 숨을 들이쉬는 소리가 들렸다. 세민의 낮고 우렁찬 목소리를 듣는 게 처음이었기 때문이다.

"우리의 심장이 한데 맞추어 뛰며, 우리의 크리살리스가 혼돈을 물리치기를 바랍니다."

세민은 조심스럽게 그의 머리에서 위쪽 왕관을 들어 올렸다. 겹쳐졌던 왕관이 분리되면서 네 개의 날개 중 두 개의 날개가 떨어져 나왔다.

세민의 시선에는 고통이 담겨 있었다. 그 눈빛을 마주하자 나의 평정심이 그만 깨질 뻔했다. 그는 분명 자기 것이 아닌 여자와 대관식을 치르는 유일한 조종사일 테다.

하지만 난 그 누구의 것도 아니다.

지금도, 앞으로도.

나는 세민의 오른편, 무대 끝 쪽의 그늘에 선 이치를 바라보았다. 그는 미소를 지으며 엄지를 치켜들었다.

나는 나직하고 느릿하게 숨을 내쉬며 고개를 숙였다.

말을 이어가는 세민의 목소리가 아주 조금 흔들렸다.

"하늘과 땅과 우리의 선조들을 증인으로 모시고, 이로써 나는 당신을 나의 하나뿐인 진정한 짝으로 선언합니다."

그는 내 머리에 화려한 왕관을 씌웠다. 동시에 나는 왕관과 연결하기 위해 목뒤에 있는 기 금속을 움직여 올렸다. 묵직한 왕관의 무게가 단숨에 사라지면서 나의 일부가 되었다.

붉게 칠한 입술에서 숨이 파르르 떨려 나왔다. 지금 이 순간, 화하에서 이 장면을 보며 황홀경에 빠져들 어린 소녀들을 생각하자 온갖 감정이 복받쳤다. 그 애들은 이 대관식을 보며 너무나 그릇된 가르침과 열망, 그리고 꿈을 학습하겠지. 우리가 살아남으려고 지불한 대가가 이거였다. 바로 이 끔찍한 시스템이 우리를 미끼로 삼아 그들을 유혹하도록 놔둔 것이다.

내가 진정으로 구원받으려면 그 소녀들이 입대할 나이가 되기 전에 조종사 시스템을 바꾸는 것밖에 방법이 없다. 어떻게 해야 할지는 아직 모르겠지만, 내가 혼돈 구역에서 반격을 이뤄내고 영광스럽게 돌아온 후라면 발언권과 힘이 지금보다 커져 있으리라.

나는 고개를 들었다. 그리고 세민처럼 홍채와 경혈, 아머에 기를 극적으로 번뜩이며 불어넣었다. 처음에는 하얀 금기가 빛났고, 약간의 시간 차를 두고 빨간 화기가 어우러졌다. 처음 조종사 훈련을 받았을 때, 나의 두 번째 보조 기는 물과 불 사이에서 갈피를 잡지 못했다. 사마의는 보통 사람이라면 어느 쪽이든 우세한 기가 있는 법인데 참 이상하다고 말했지만, 그 후로 그는 내게 수기를 잠재우고 화기를 끌어내는 방법을 알려주었다. 주 지방에 사는 금형의 황제급 혼돈을 물리치려면 화기가 제일 적합하기 때문이었다.

나와 세민은 손을 잡고 무대에서 내려왔다. 날갯짓에서 나온 바람이 우리 주변을 휘감았다. 하객들이 다시 환호성과 박수갈채를 보냈다. 마지막 순간에는 하객들이 모두 일어서는 바람에, 의자 끌리는 소리가 환호성과 함께 온 연회장 안에 울렸다.

우리는 조종사 왕과 왕비가 되어 우리의 보호를 받아야 하는 부유한 이들을 바라보았다. 진시황제가 죽기 전이었다면 이들은 바닥에 엎드려 우리에게 절을 했을 것이다. 하지만 지금 우리는 반짝 떠오른 볼거리에 불과하다. 우리는 이들의 흥미를 끌기 위해 정해진 성격을 연기해야 한다. 세민은 지루한 표정이어야 하고, 나는 우쭐한 표정이어야 한다.

그러다 문득 나의 시선이 뒤쪽에 있는 어느 테이블에 닿았다.

수-당 전략가들 몇몇이 우리를 지켜보고 있었다. 우리는 금칠한 우리에 갇힌 사냥당한 짐승과 같은 꼴이었다. 겉보기는 무척 화려하지만 결국 감시 아래 머무는 존재들. 무리 속에 선 안록산이 마지못해 박수를 보냈다.

나는 세민의 손을 더욱 꽉 잡았다. 지금의 무대를 끝까지 아름답게 마무리하기 위해 안간힘을 써야 했다. 지금 당장 저쪽으로 날아가 안록산의 경정맥에 머리핀을 찔러버리고 싶은 마음에 온몸이 근질근질했다.

그러나 눈부시게 빛나는 붉은빛 아래로 경외심이 솟구쳤다. 고구가 해냈다. 우리가 가장 시급하게 처리해야 할 적을 진정시켰을 뿐만 아니라, 그를 우리의 *대관식* 손님으로 데려오기까지 했으니.

나는 고구가 앉은 테이블을 슬쩍 보았다. 그는 마치 지금 이 순간을 기다려온 것처럼 나를 똑바로 바라보며 히죽 웃었다.

증오심과 경외감이 나란히 끓어올랐다. 하지만 난 그 두 감정을 모두 억눌렀다. 지금은 고구에게 집착할 때가 아니다. 지금은 혼돈에게 향할 우리의 반격에 집중해야 한다. 그러지 않으면 두 지방 모두가 나 때문에 망해버릴 테니까.

제37장

무한한

연회는 밤늦게까지 이어졌다. 술에 취한 하객들이 고급 전기차를 타고 떠난 후, 나는 세민과 함께 호텔의 펜트하우스 스위트룸으로 안내되었다.

세민은 내가 두꺼운 화장을 지우고 목이 아플 정도로 묵직한 머리 장식을 벗을 수 있도록 도와주었다. 그러곤 먼저 목욕을 하게 해주었다. 다 씻고 화장실에서 나오자, 그는 마치 김을 빼듯 한숨을 쉬면서 내 옆을 스치고 지나간 후 다시 문을 닫았다.

세민의 의도는 뻔했다. 내가 먼저 잠들기를 기다리는 것이었다. 우리의 대관식을 완성하는 마지막 관문을 모르는 척 지나칠 수 있도록.

하지만 나는 거실의 빨간 등불 아래 복잡하게 조각된 나무 의자에 털썩 앉아 그를 기다렸다. 기대감이 몸속에서 마구 오르내렸다. 세민과 나 사이의 긴장감은 이미 너무 오랫동안 이어지고 있었다. 오늘 밤 나는 그걸 풀어버릴 작정이었다.

세민은 빨간 잠옷 가운을 느슨하게 걸치고 나왔다. 그는 하루 종일 콘택트렌즈를 끼느라 혹사시킨 눈에 다시 안경을 썼다.

그는 나를 보고 움츠러들었다.

"침실까지 제대로 걸을 수가 없었어. 나 좀 들어줄래? 부탁해."

나는 최대한 아무렇지 않은 목소리로 말했다. 하지만 그만 귓가가 빨개지고 말았다. 세민의 드러난 가슴을 보았기 때문일까.

"그래."

그는 가운을 단단히 여미고는 내게 다가왔다.

가운을 고쳐 입는 게 거리감을 두려는 시도일지는 몰라도 별 소용은 없었다. 수증기로 축축해진 얇은 비단 사이로 서로의 체온이 온전히 느껴졌으니까. 사실상 맨살이 맞닿은 것과 다름없었다. 내 몸의 무게를 지탱하기 위해 힘을 준 세민의 근육, 그 곡선과 윤곽이 눈앞에 그려지는 듯했다. 그 느낌에 나는 멍해졌고, 온몸의 피가 빠르게 도는 것 같았다.

세민을 만나고 나서야 나는 이런 부류의 남성성이 얼마나 매혹적인지 알게 되었다. 남을 무섭게 하고 빼앗아가는 힘이 아니라, 보호해 주고 지켜주기 위해 발휘하는 안정적이고 통제된 남자의 힘 말이다. 세민의 품에 있을 때는 전혀 준비되지 않은 상태일 때도 안전함이 느껴졌다. 그 품 안에서는 항상 냉정하고 조심스럽고 외로운 철의 미망인일 필요가 없었다.

나는 세민의 가슴에 귀를 댔다. 그의 심장이 빠르게 뛰고 있었다.

내 심장도 마찬가지였다.

좋아.

침실 문을 열자 방 안에서 타오르는 향내가 진동했다. 천장에 달린 나무 격자 등불에서 은은한 붉은빛이 피처럼 흘러나왔다. 마호가니 가구 위에는 청동 촛대에 꽂힌 적갈색 초 두 개가 불꽃을 깜빡였다. 촛불이 박자를 맞추어 일렁이자 방 전체가 심장의 심실(心室)처럼 느껴졌다. 우리의 피부까지도 두근거리는 붉은빛으로 물들었다. 나는 그 빛에 손을 대며 가만히 바라보았다.

침대는 양광의 숙소에 있던 것처럼 화려한 스타일이었다. 높다랗고 네모난 침대 틀에는 조각이 장식되어 있고 둥그런 문이 나 있었다. 잦아드는 빛 속에서 그것은 마치 안으로 들어오라고 손짓하는 듯했다.

세민이 나를 비단 이불 위에 내려놓았다. 침대 틀을 넘어서자 새로운 세상으로 가는 문을 통과한 기분이 들었다. 더 진하고 촘촘한 세상에서 모든 감각이 더욱 날카롭고 깊이 느껴지는 것 같았다. 잠시 세민은 내 위에 머물렀다. 붉은빛, 벨벳 같은 그림자, 그리고 희미한 호를 그리며 일렁이는 촛불이 세민의 각진 얼굴을 조각하듯 얼굴선에 음영을 드리웠다.

순간 우리 사이의 간격이 가까워지는 것 같았다.

하지만 거기까지였다.

세민의 뜨거운 열기가 내게서 물러나더니 이어서 차가운 공기가 혹 끼쳤다. 그는 돌아서서 나가려 했다.

나는 세민의 옷자락을 잡았다.

"어디 가?"

내가 묻자, 그는 날 보지도 않고 말했다.

"난 소파에서 잘 거야. 그래도 괜찮아."

"너 소파에서 자는 거 싫어."

세민은 천천히 돌아섰다. 그의 눈에 놀라움이 반짝 피어났다. 우리가 처음으로 전쟁터에 나갔다가 돌아왔을 때, 내가 살아 있다는 걸 발견했을 때와 똑같은 눈빛이었다.

"침대가 이렇게 크잖아. 우리 둘 다 잘 수 있어."

혹시나 내 말을 달리 해석할까 봐 나는 말을 줄줄 뱉었다. 그리고 그의 가운을 놓았다. 인내심이 한계까지 차오르는 느낌이었다. 언제든 금방이라도 터지거나 산산이 조각날 것만 같았다.

그러나 놀라던 기색은 곧 세민에게서 사라졌다. 그의 표정이 어두워졌다.

"저기, 더는 그런 척할 필요 없어."

나는 눈살을 찌푸렸다.

목이 바짝 마르고 심장이 점점 빠르게 뛰었다.

"그런 척하는 거 아니야. 정말로."

세민은 미간을 좁혔다.

"그럼 뭐 하는 건데?"

나는 웃었다.

"음, 너를 유혹하는 거랄까."

그의 얼굴에 전보다도 더 큰 놀라움이 보였다.

나는 세민과 눈을 마주쳤다. 내가 얼마나 진지한지, 얼마나 확신에 차 있는지 알려주려고 자세도 바로잡았다.

세민은 한참이 지나서야 할 말을 찾아냈다. 결국 나온 말은 아까와 같은 것이었지만, 어조는 달랐다. 좀 더 고통 어린 목소리였다.

"이게 뭐 하는 거야?"

그는 고개를 젓더니 덧붙였다.

"너한테는 이치가 있잖아."

그 말이 내 마음을 찔렀지만, 난 침착함을 유지했다.

"그래서 괴로워?"

그러자 세민의 눈에 서린 딱딱한 기색이 사그라들었다.

"아니. 이치는 너에게 완벽하지. 걔는 친절하고, 용감하고, 믿음직스럽고……."

그는 눈을 빠르게 깜빡이다 덧붙였다.

"피부도 정말 매끄러워. 도자기같이."

나도 눈을 깜빡거렸다. 세민이 매력을 느끼는 대상은 여자만이 아닌 건가. 이치랑 똑같네.

세민은 이런 말을 입 밖에 내도 괜찮은 걸까. 우리 동네에서 이런 발언을 했다면 엄청난 입방아에 시달렸을 것이다. 며칠 전 나와 이치는 침대에 누워 이 문제를 두고 이야기를 나눈 적이 있었다. 그때 이치는 도시 사람들은 그렇게 신경 쓰지 않는다고 했다. 하지만 이치는 수도 출신의 부잣집 도련님이다. 그러니 무슨 이야기를 하더라도 보통 사람보다 훨씬 부드러운 반응만을 접하며 살아왔겠지.

어쨌든 그건 세민과 이치가 알아서 할 문제였다. 지금 중요한 건 세민과 나의 사이다.

세민은 뒤로 물러서며 말했다.

"네가 선택해야 하는 건 이치야."

나는 침대 가장자리를 손톱으로 꾹 눌러 쥐면서 몸을 앞으로 숙였다.

"선택한다고? 내가 왜 너희 둘 중 하나만 선택해야 하는데?"

"바람을 피워선…… 안 되는 거잖아?"

"바람을 피운다는 개념 자체가 기만이야. 난 이치랑 벌써 이 문제에 대해 이야기했어. 이건 경쟁이 아니라고 이치가 확실하게 말했다고. 너에 대한 마음이 어떻든, 그것 때문에 내가 이치에게 품은 마음이 사라지는 건 아니야. 내가 너랑 가까이 지내도 이치는 괜찮다고 했어."

"말만 그렇게 하는 거야."

"아니. 이치가 나한테 이런 말도 했는걸. 내 마음이 열리는 만큼 사랑은 무한히 커질 수 있다고. 그리고 내 마음은 너한테 열려 있어, 세민아."

그는 그저 나를 빤히 바라보기만 했다.

이건 무슨 뜻일까.

갑자기 수줍음이 확 몰려들어서 나는 고개를 숙였다.

"너무 이상한 것 같으면, 괜찮아. 우리는 그냥—."

순간, 세민이 가까이 다가왔다. 나의 고개가 올라갔다.

우리의 눈빛이 마주쳤다. 세민의 연약한 눈빛과 나의 부드러운 눈빛이. 허리를 굽힌 채인데도 세민의 그림자는 내 몸을 완전히 감쌌다. 그는 덩치의 차이가 주는 위압감을 알아차린 듯, 한쪽 무릎을 꿇고 눈높이를 맞추어 나를 바라보았다. 그리고 허스키한 목소리로 속삭였다.

"네가 정말로 이걸 바라는 게 맞아? 혹시 사마의나 다른 사람이 시켜서라면, 그러지 마. 넌 나에게 빚진 거 하나도 없어. 그리고 혹시라도 나를…… 동정해서라면 더더욱 이럴 필요 없어."

세민은 고개를 옆으로 슬그머니 돌렸다.

나는 그의 얼굴을 두 손으로 감싸 쥐고 나를 마주 보게 했다. 그리고 작게 웃었다.

"동정하는 거 아니야, 바보야. 난 널 소중하게 생각한단 말이야."

나는 두 손으로 그의 쇄골을 어루만졌다. 손바닥 아래로 빠르게 뛰는 그의 심장이 느껴졌다.

"모두가 네가 틀렸다고 말한대도, 이제껏 애써서 여기까지 온 네가 내겐 진심으로 소중해. 물론 네겐 부정할 수 없을 만큼 괴물 같은 면도 있지만, 괜찮아. 나도 그런 면이 있는걸. 누가 뭐래도 난 자랑스럽게 말할 거야. 철의 악마 이세민은 나의 반려 조종사라고."

굳었던 세민의 미간이 풀리며, 소년다운 눈빛이 빛났다. 이제껏 본 모습 중 가장 앳된 모습이었다. 우리의 따스한 숨결이 가팔라졌고,

곧 함께 소용돌이쳤다. 그의 입술은 무언가 대답하려는 듯 움직였다.

하지만 대답 대신, 세민은 내 턱을 들고 입을 맞추었다.

세민의 입맞춤은 부드러웠다. 날 다치지 않게 하려는 그의 조심스러운 움직임이 느껴졌다. 늘 부드러웠던 평소보다도 더.

우리의 입술은 느릿한 속삭임을 낼 듯 말 듯 서로 맞닿아 움직였다. 그러다 세민은 물러서서 무릎을 세우고 앉더니 내 손마디에 입맞추었다. 그 몸짓에 나는 최후의 방어선까지도 모두 무너지는 것만 같았다.

"그렇다면 나도 자랑스럽게 너의 반려가 될게, 철의 미망인."

그는 안경 너머로 나를 올려다보았다. 그의 척추 지지대부터 올라온 붉은 기가 눈가에서 희미하게 일렁였다. 악마처럼 무시무시하면서도 동시에 사랑스러운 모습이었다.

"철의 미망인이라니, 너무 불운하게 들려."

이렇게 말하면서도 나는 미소를 감추지 못했다.

"그럼 예쁜 아가씨라고 할까. 미랑(媚娘) 어때."

세민은 내 손가락을 엄지로 쓸면서 말했다.

"좋아. 난 모순적인 별명을 아주 좋아하거든."

나는 그의 가운 깃에 손가락을 걸고 끌어당겨 다시금 입 맞추었다. 이번에는 좀 더 공격적이고, 다급한 입맞춤이었다.

방의 온도가 변했다. 세민은 순순히 내가 이끄는 대로 침대로 올라왔다. 이제 그의 무릎은 내 몸 양편에 자리 잡았다. 세민의 몸무게에 매트리스가 눌려 내가 누운 부분이 불룩 솟았고 허리에 맞닿았다.

이토록 강하고 당당한 사람에게 제압된 상태에서도 편안할 수 있는 건 상대가 세민이기 때문이다. 그의 입술이 다시 내 입술에 맞닿았다. 세민의 단단한 살과 나를 짓누를 듯한 무게감, 그리고 취할 것 같은 체온에 나는 그만 아득해졌다.

나는 그의 가운 끈으로 손을 뻗었다.

그의 손이 황급히 내 손목을 잡았지만, 이내 부드러워졌다.

"왜 그래?"

나는 그의 입술에 속삭였다. 왜 남자들은 이럴 때마다 항상 머뭇거리는 거지?

"상처가 많아."

그는 더할 나위 없이 낮은 목소리로 중얼거렸다. 그 목소리에 정신이 아찔해져서 온몸에 힘이 빠지는 듯했다.

"난 무섭지 않아."

가쁜 숨결에 공기가 섞여들었다.

세민은 손을 내렸지만, 다시 입을 맞추지는 않았다. 내 위로 다가오는 그의 가슴이 천천히, 그리고 깊이 들썩였다.

나는 그의 허리띠를 풀었다.

이치의 피부를 볼 때면 달빛처럼 차분한 기쁨이 몸에 차오른다.

세민의 몸에서는 차분함 따위는 전혀 느껴지지 않았다.

나는 그의 몸통을 가로지르며 어우러진 근육과 흉터를 경외감 어린 시선으로 바라보았다. 나에게도 이런 힘이 있었다면, 내가 세민이었다면 얼마나 좋을까. 하지만 그가 이런 일을 겪게 된 것은 싫다. 흔적만으로도 그의 인생을 느낄 수 있었다. 나는 손끝으로 생존을 향해 발버둥친 자국들을 천천히 쓸어내렸다.

소독약 향기가 느껴지는 듯한 이치의 문신, 그리고 완전히 다른 형태의 고통에서 비롯된 세민의 흉터. 머릿속에서 두 존재가 선명하게 대비되었다.

지난 2년간 세민이 화하에서 가장 강력한 조종사가 된 데는 이유가 있다. 하지만 그건 세민이 땀 한 방울 흘리지 않고 나를 들어 올릴 만큼 힘이 세서가 아니다.

매일 잠에서 깨어나 살아가기로 마음먹고, 그 삶이 주는 고통을 온몸으로 마주하며 살아왔기에, 세민은 내가 아는 모든 사람 중에서 가장 강한 인간이 되었다.

우리 둘은 이제껏 매순간을 공포에 시달리며 살았다. 그 끝에 우리가 서로를 만날 수 있어서 진심으로 감사하다.

제38장

그녀를 잊지 마

우리가 집이라고 부르는 좁은 벙커에서 그 애는 내 이마에 입 맞추었다. 따스하게 피어나는 온기 아래로 두려움과 공포가 차가운 물길처럼 흘렀다. 이 감정의 끝은 행복한 결말이 아니라는 것을 알고 있었다.

— 저리 가! 저리 가! 저리 가! 저리 가! —

그 애는 내 손을 잡고서 손마디에 입술을 댔다. 그 몸짓에 내 심장을 감쌌던 더러움이 한 겹 파르르 벗겨졌다. 그 애의 입에서 날 위로하는 말이 흘러나왔지만, 그 말은 내 머릿속에 퍼지는 비명에 잠겨 버렸다.

— 도망쳐! 도망쳐! 도망쳐! —

다시는 목격하고 싶지 않은 장면이었지만, 밀물처럼 계속 내게 밀려오는 장면을 멈출 힘은 없었다.

이건 토끼가 늑대 굴에 들어가는 걸 보는 거나 다름없었다. 하지만 그 애는 토끼가 아니었다. 자그마한 몸집과 상냥한 얼굴을 지녔는데도, 그 애의 기력은 정말이지 야수와도 같았다. 우리는 이제껏 인양된 혼돈의 껍데기 중 가장 무거운 것을 함께 활성화시켰다. 그 껍데기는 주작의 형태를 띠게 되었다. 함께 껍데기를 변형시키면서 우리의 심장이 하나처럼 맞추어 뛰었다.

사람들 말로는, 그 애가 나의 단 하나의 진정한 짝이라고 한다.

— 거짓말거짓말거짓말거짓말거짓말 —

사마의 전략가는 우리를 훈련시켰다. 그는 얼음판 위에서 춤추는 법을 우리에게 가르쳤다. 그 애는 싸우면서 춤추는 법을 내게 가르쳤다. 몸을 돌리고 감고 피하는 무술인 팔괘장(八卦掌)이었다. 우리의 발이 그리는 곡선은 얼음판에 나선형 무늬를 새겼다. 빙글빙글 도는 움직임 속에서 시간이 흘렀다. 시간이 너무도 빨리 지나갔다는 걸 우리는 깨닫지도 못했다.

— 들어가지 마 —

우리는 전투에 투입될 준비가 되었다고 생각했다. 그 애가 내 곁에 있는 한 난 뭐든 할 수 있을 거라고 생각했다.

— 가지 마 —

하지만 혼돈이 세차게 반격했다. 버티기 힘들 만큼 격렬한 반격이었다. 전투는 점점 힘겨워졌다. 내가 생각할 수 있는 건 그뿐이었다. 내가 애써 할 수 있는 거라곤 그뿐이었다.

내가 그 애의 정신을 소모하고 있다는 걸, 난 몰랐다.

—*가지*—

—*마*—

그 애의 마지막 감정이 가닥가닥 느껴졌다. 마치 손에서 비단 끈이 스치며 빠져나가는 듯한 그 느낌. 끝이 빠르게 다가오고 있음을 알았는데도 잡을 수가 없었다. 그 애는 공포에 떨고 있었다. 바로 나 때문에. 이 순간까지 자신을 이끌어왔던 모든 것을 후회하며 그 애는 나에게서 영원히 벗어나기만을 간절히 바랐다.

그 바람은 이루어졌다.

나는 눈물에 흠뻑 젖은 채 흐느끼며 잠에서 깨어났다. 세민은 내 등을 쓰다듬으며 총상을 건드리지 않도록 조심스러운 손길로 나를 안아주고 있었다. 아직 날은 밝지 않았다. 나무 창문 너머로 도시의 야경이 화려하게 빛났다. 형형색색의 화려한 배경 가운데 짧게 잘린 세민의 거칠거칠한 머리카락 끝이 윤곽을 그렸다.

"이거 싫어! 어서 내 머릿속에서 지워줘!"

나는 어슴푸레한 허공에 비명을 지르며 머리를 쥐어뜯었다.

"미안해. 또 내 기억을 봤어?"

나는 멍해졌다.

내가 위로를 받을 일이 아니었다. 그건 세민의 기억이었다. 괴상한 악몽도 아니고, 비명을 지르며 없애버릴 수 있는 것도 아니었다. 모두 그가 견뎌온 삶이었다.

세민은 부드럽게 중얼거렸다.

"난 매일 밤 단검 위를 걷는 꿈을 꿔. 악몽 같은 기분이지만, 내 생각에 그건 너의 삶인 것 같아."

맞는 말 같았지만, 그렇다고 내 기분이 나아지는 건 아니었다.

"그 애 꿈을 꿨어."

나는 갈라진 목소리로 대꾸했다.

그 말에 세민은 큰 충격을 받은 듯했다. 내 등을 어루만지던 손이 매트리스에 툭 하고 떨어졌다.

"문덕이?"

그가 들릴 듯 말 듯 공허한 목소리로 물었다.

나는 얼굴을 찡그리며 고개를 끄덕였다.

세민의 긴 한숨이 들렸다. 그는 눈을 질끈 감았다.

나는 그의 손을 따스하게 문질렀다. 그 손은 어떻게 보면 거칠었지만, 또 어떻게 보면 놀랄 만큼 부드러웠다. 상처와 굳은살이 뒤덮인 예술가의 손이랄까.

"이제껏 느낀 것들 중 가장 끔찍한 기억이었어. 너…… 정말 힘들었겠다."

"그 기억이 너한테 갔다니 미안해. 나는 다른 사람에게 그 기억이 전해지지 않기를 바랐…… 아니, 이건 거짓말이지."

세민은 내 손을 꽉 쥐며 덧붙였다.

"사실 난 그 기억을 많은 사람에게 전달하고 싶었어."

더는 무슨 말을 해야 할지 알 수가 없었다. 나는 세민을 가까이 끌어당겨 이마를 그의 어깨에 기댔다. 군대에서 채운 강철 목걸이의 비릿한 냄새가 풍겼다. 그는 두 팔로 나를 감싸 안고서 멍하니 내 머리를 쓰다듬었다.

내가 견디는 고통과 세민이 견디는 고통에는 근본적인 차이가 있다. 나의 고통은 오로지 여자로 태어났기 때문이다. 난 그걸 정확히 알고 있다. 이게 얼마나 어처구니없는지도, 그래서 마음껏 증오하고 반항할 수 있다.

하지만 세민의 경우는 복잡하다. 그는 자신의 잘못이라는 죄책감에 싸여 있다. 말도 안 되는 선택지들 중에 그는 옳다고 생각하는 일을 골랐지만, 그 어떤 선택의 결과도 세민을 더욱 깊은 혼란에 빠뜨릴 뿐이었다. 온 우주는 그저 그 선택을 했다고 그에게 벌을 주기만 하고 있었다.

세민의 목소리가 떨려서 나왔다.

"업보란 게 대체 뭔지 모르겠어. 문덕이는 친절하고 순진하고 긍정적인 애였어. 그런데도 살아남은 건 나였지. 난 아주 오랫동안 살았어. 싸울 때마다 여자애를 죽일 거라는 걸 알면서도."

나는 세민의 어깨에서 고개를 들어 내저었다. 그리고 두 손으로 그의 얼굴을 잡고는 엄지손가락으로 그의 뺨에 새겨진 '수' 문신을 어루만졌다.

"그건 네 잘못이 아니야. 넌 계속해서 화하를 위해 싸웠잖아. 어떤 상황에 놓였더라도 살고 싶은 건 당연한 본능이야. 내가 그걸 잘못된 거라고 말한 적이 있다면…… 미안해. 그때의 난 내 목숨도 소중하게 생각하지 않았거든."

내가 태어난 날부터, 이 세상은 가치 있는 남성이 내게 부여해 준 것들을 당연히 받아들여야 한다고 가르쳤다. 나는 끊임없이 반항해 왔음에도 불구하고 결국 그 가르침을 받아들이며 살았는지도 모른다. 이 세상은 나에게 기존의 관습을 받아들이라고, 그렇게 안 할 거면 죽으라고 말했고 나는 그 말을 따라 죽음을 택했다. 항복하고 싶지 않다는 마음 때문에 두려움을 잊었던 것이다.

세민의 눈동자에 도시의 자그마한 불빛이 어른거렸다.

"괜찮아. 골치 아프긴 해도 내가 알아서 할 문제니까."

나는 이를 악물었다. 이치라면 뭐라고 말했을까? 나는 최선을 다해서 세민과 소통하려 했다.

"조종사라는 존재는 도구라는 걸 명심해. 우리는 무기라고. 우리 중 누구도 우리를 대표하는 단체에 속해 있지 않아. 전략가들과 군 고위층이 보이지 않는 곳에서 모든 걸 통제하고 있잖아. 여자애들을 계속 너에게 보내기로 결정한 건 그들이야. 실제로 네가 선택할 수 있는 건 아무것도 없었고, 선택권이 있었다는 것 자체가 그들이 꾸며낸 허상이야. 그저 너한테 죄책감을 씌우기 위한 술책이지. 그래야 자신들의 죄책감을 덜 수 있을 테니까."

새록새록 되살아나는 분노가 내 목소리에 고스란히 담겼다.

"그자들이 죄책감을 피해 가게 하지 마. 사실을 있는 그대로 받아들이게 하라고. 죄책감을 느껴야 하는 건 우리가 아니야."

그가 고개를 들었다. 그의 눈빛이 어느덧 살아나 있었다.

"그럼 우리가 어떻게 해야 할까?"

세민의 질문에 나의 생각이 깨어났다. 오늘은 고구의 영역에서 보내는 마지막 밤이었다. 아침이 되면 호버크래프트가 와서 우리를 만리장성으로 데려갈 것이다. 군대를 향해서 하고 싶은 말이 있다면 지금 해야 했다. 그자들의 손아귀에 도로 들어간 뒤에는 말을 꺼내기가 훨씬 더 어려워질 것이다.

나는 세민의 두 손을 꼭 잡고 속삭였다.

"반격이 성공한다면, 군대 안에서 우리의 영향력은 훨씬 커질 거야. 그러면 조종사 시스템에 변화를 주자고 밀어붙일 수 있어. 지금 여자들은 훨씬 더 높은 기력을 지닌 남자 조종사와 짝이 될 뿐이잖아. 여자들의 기력으로도 크리살리스를 조종할 수 있는데 말이야. 이건 최선의 방안이 아니야."

"최선이 아니라는 건 알겠지만, 여자들은 선천적으로 남자들보다 기력이 약하잖아. 시스템을 재정비해야 한다고 주장하려면 확실한 명분이 필요해."

세민이 나직하고도 슬픈 목소리로 말했다. 나는 정색했다.

"정말 그 얘길 믿어? 근거가 어디 있는데? 단지 그렇게 보이기만 하는 건 아니고? 이 도시에도 나보다 기력이 높은 여자가 분명히 있을 거야. 하지만 가족들은 그녀가 검사를 받지 못하도록 하겠지. 다들 알잖아—."

꼬리에 꼬리를 물던 생각이 갑자기 확 튀어 올랐다. 마치 퍼즐 두 조각이 내 머릿속에서 쾅 부딪친 느낌이었다. 나는 휘청이며 무릎으로 일어서서 세민의 얼굴을 마주 보았다.

"잠깐만. 여자들이 더 낮은 기력을 지녔다는 게 사실인지 아닌지를 떠나서 말이야, 그 기력 자체를 더 정확히 측정하는 게 가능하다면?"

"무슨 소리야?"

세민은 눈살을 찌푸렸다.

"여자들의 기력이 근본적으로 남자들과 다른 게 뭐지?"

나는 예전에 이치와 함께 숲속에서 보았던 나비를 떠올렸다. 음과 양의 날개를 모두 가진 나비가 있었다. 남성과 여성이란 것, 즉 성 구분은 절대로 깰 수 없는 불변의 범주가 아니라는 걸 알려 주는 우연한 증거였다. 나는 머리카락을 손가락으로 쓸어 넘겼다.

"뭔가 이상해! 문덕이를 떠올려봐. 그 애는 너와 동등해야 했어. 그런데 왜 죽은 걸까?"

세민의 자세가 허물어졌다.

"나도 알고 싶어. 정말이야."

문덕을 다시 떠올리자니 정말 끔찍했지만, 내 머릿속은 세상을 뒤흔드는 무언가를 생각하느라 쉴 새 없이 빠르게 돌아가고 있었다. 이 생각을 밀어붙여 본다면—.

"조종사 시스템이 기술적으로 여자에게 불리하게 조작되어 있다고 생각하지 않아? 단순히 더 강력한 남자와 짝짓는 것 말고도!"

한껏 커진 세민의 눈은 방금 들은 말에 대한 불신과 두려움으로 가득 차 있었다.

"시스템을 조작할 이유가 없잖아! 전투에서 이기기 위해서는 크리살리스의 성능을 최대한 끌어 올려야 해. 균형 잡힌 짝이 그렇지 않은 조종사 짝보다 다섯 배는 더 강력하다는 건 널리 알려진 사실이라고."

"하지만 생각해 봐. 이 조직이 시스템 조작을 하고 있다고 해도 그리 놀라운 일은 아니지 않아? 너도 수없이 겪어왔잖아."

세민은 한참 동안 말을 잇지 못하다가 겨우 수긍했다.

"그래. 그렇긴 하지."

나는 붉은 비단 이불을 세차게 움켜쥐었다.

"그렇다면 조작 가능성이 있는지 조사해 봐야겠어."

"어떻게? 시스템이 정말 조작됐다면 이건 기밀 중에서도 기밀이야. 우리 힘으로는 절대로 증거를 찾을 수 없을 거야."

생각은 계속해서 뻗어나갔다. 눈을 이리저리 굴리던 내가 마침내 눈빛을 번뜩였다.

"전략가들, 그중에서도 고위급 전략가들은 알겠지!"

"그렇다 해도 우리에게 말해 주진 않을걸."

어두운 기운이 내 핏속에서 더 빠르게, 뜨겁게, 세차게 고동쳤다.

"말하게 만들어야지. 반격하기 전날 밤, 우리는 무적이 될 거야. 우린 뭐든 할 수 있을 거라고. 그자들이 알아낸다고 해도 우릴 처벌할 순 없을 거야."

나는 마른침을 삼키고 단언했다.

"뭔가 알아낸다 하더라도, 절대로."

나는 더없이 조심스럽게 속삭였다. 그럼에도 나직하게 들려오는 한마디 한마디는 어두운 침묵 속에서 총을 발사한 것 같았다.

"지금 무슨 소릴 하는 거야?"

세민의 눈썹이 찌푸려졌다. 하지만 나는 으르렁거리듯 대꾸했다.

"세민아, 업보가 어떻게 이루어지는지 알아? 그건 제발 내려달라고 기도하거나 하늘이 저절로 해주길 기다린다고 오는 게 아니야. 사람의 손으로 직접 해야지. 우리에게 심한 고통을 준 고위 전략가가 있잖아. 그러니까 우리도 그놈에게 고통을 주어야 하지 않겠어? 제발 그만하라고 우리에게 빌 때까지 되돌려 주잔 말이야."

제39장

그런 남자,
그런 여자

우리가 만리장성으로 돌아간 직후, 반격이 공표되었다. 수 지방과 당 지방에서는 크나큰 소동이 일어났다. 모두 긍정적인 반응을 보인 것만은 아니었다. 우리를 향한 의심을 잠재우기 위해, 우리는 주작을 안정적인 형태로 변신시킬 수 있다는 사실을 증명하도록 마지막 방어전에 배치되었다.

이치는 우리 옆 좌석에 벨트를 맨 채 함께 탑승했다. 전투는, 한마디로 손쉬웠다. 그래서 모든 게 끝난 뒤 혼돈의 껍데기가 널린 전쟁터를 둘러볼 때는 이게 현실이 맞나 싶은 마음마저 들었다. 이제껏 인류가 승리했던 적이 너무나 드물었기에, 이토록 쉽게 승리할 수 있다는 게 실감 나지 않았다.

어쨌든 우리는 승리했고, 혼돈은 공격을 멈추었다.

의심스러운 평화였다. 전략가들은 혼돈 역시 인류와 전면적인 충돌을 피할 수 없다는 걸 깨달았으며, 현재 잠시 뒤로 물러나 자신의 영역에서 유리한 지점을 얻으려 한다는 가설을 내놓았다.

수-당 국경은 다른 지방이 비축하고 있던 크리살리스를 모두 빌려왔다. 타지방의 조종사들이 화하의 강산을 넘어 이곳으로 이동하는 동안 필요한 기를 충전하려는 계획이었다. 때문에 우리에겐 반격 시작 전 2주간의 마지막 휴식이 주어졌다.

세민은 문덕에게 배웠던 무술인 팔괘장에 대해 자세히 말해 주었다. 아름답지만 고상하지는 않은 무술이었다. 끊임없이 적의 뒤편에서 빙글빙글 돌며 약점을 파고들고 적을 속여 싸움을 통제하게 만드는, 무력으로 이길 수 없는 이들이 택하는 방식이었기 때문이다.

팔괘장처럼 우리도 계획을 슬쩍 돌려 안록산을 함정에 빠뜨리기로 했다. 겉으로는 명령에 복종하고 전략가들이 시키는 대로 모든 훈련을 했지만, 보이지 않는 곳에서 우리는 뱀처럼 움직이면서 우리의 먹잇감을 빙빙 감싸고 똬리를 틀었다.

그리하여 반격 전날 밤, 만리장성에서 연회를 벌이는 조종사들 때문에 다수의 병사가 정신이 팔린 틈을 타 우리는 공격을 시작했다.

세민은 기를 사용해 양동이의 물을 끓기 직전까지 데운 다음 안록산에게 끼얹었다.

안록산은 갈라진 목소리로 비명을 내지르며 퍼뜩 정신을 차렸다. 그는 경사침대에 사슬과 끈으로 묶여 있었다. 내가 양광의 첩이 되기 위해 테스트를 받았을 때 누웠던 그 침대 말이다. 안록산의 거대한 몸뚱이를 얹어놓은 침대는 우스꽝스러울 만큼 작아 보였다. 살이 델 듯한 뜨거운 물이 그의 붉거진 눈썹과 코에서 뚝뚝 떨어지고 턱수염에 맺히며 흘러 전략가 예복을 적셨다. 인사불성이 된 그를 잠자리에서 세민이 끌어냈을 때 안록산은 벌거벗은 상태였다. 하지만 우리는 일부러 시간을 들여 그의 머리카락를 모아 상투를 틀고 네모난 전략가 학사모를 그 위에 씌웠다.

딱 봐도 그가 누구인지 알아볼 수 있어야 한다는 게 중요했으니까.

세민은 김이 모락모락 나는 양동이를 떨어뜨렸다. 양동이는 우리가 서 있는 금속 연단에서 튀어 오르며 쨍그랑 소리를 냈다. 우리는 아무 말도 하지 않은 채, 안록산이 자신의 상황을 파악할 때까지 기다렸다. 깨어나 보니 춥고 녹슨 실험실에 꽁꽁 묶여 있어서 도망칠 수도 없는 비참한 현실을.

우리 사이에 놓인 카메라가 빨간 불빛을 일렁이며 안록산을 빤히 비추었다.

"이게 뭐야? 빨리 풀지 못해?"

그는 버럭 소리를 질렀다. 차가운 공기에 그의 숨과 젖은 옷에서 김이 피어올랐다. 몸을 더 꿈틀대자 쇠사슬이 달그락거렸지만, 그럴수록 비명 소리만 높아질 뿐이었다. 움직이는 자리마다 화상으로 잡힌 물집이 터지고 있었다.

문득 내 속의 본능이 치고 올라왔다. 같은 인간에게 이런 고통을 주어선 안 돼. 하지만 나는 이내 내 옆에 선 세민의 존재를 느꼈다. 얼굴에 입마개를 쓴 채로 온몸에 술이 주입되던, 그의 괴로워하던 모습이 떠올랐다. 그러자 마음은 금속판처럼 다시 차갑게 굳었다.

안록산은 우리를 인간으로 대우하지 않았어. 그런데 왜 우리가 이 자를 인간으로 대우해야 해?

우리는 안록산의 하루 일과를 알아내자마자 강력한 수면제로 어렵지 않게 그를 곤히 잠재웠다. 그는 매일 훈련소 구내식당에서 뜨거운 빵을 배달시켜 먹었다. 몇 시간 전 이치는 빵을 배달하는 직원과 세게 부딪쳐 빵을 떨어뜨리게 만들었다. 그리고 사과의 의미로 새로 빵을 사주어도 괜찮을지 물었다. 우리는 그 빵에 수면제를 녹여 부은 뒤 안록산에게 가져가게 했다.

나는 휠체어에 앉은 채 무릎에 얹은 수건을 고양이 어루만지듯 쓰다듬으며 나긋하게 속삭였다.

"우리가 몇 가지 하고 싶은 질문이 있거든요. 특히 조종사 시스템에 대해서요. 말해 봐요. 정확히 어떤 방식을 사용하기에 늘 여자 조종사가 불리한 입장이 되는 거죠?"

"너희 둘 다 미친 거냐?"

안록산의 얼굴이 시뻘게졌다. 내 얼굴은 생긋 미소를 지었다.

"글쎄요? 당신이 우릴 미치게 했잖아요. 그러니 말해요, 어서! 아니면 더 심한 짓을 당하게 될 테니까."

"이거 풀어, 당장!"

나는 한숨을 쉬면서 수건을 확 젖혔다.

"세민아."

세민은 이치가 경사침대 위에 놓은 도구 모음에서 술병을 꺼냈다.

안록산의 눈이 휘둥그레졌다.

하지만 그가 세민에게 했던 짓을 우리가 그대로 따라 하리라고 예상했다면 틀린 생각이다.

그건 창의적이지 못하잖아.

세민은 안록산의 머리가 땅바닥에 닿을 정도로 경사침대를 기울였다. 나는 안록산의 꿈틀대는 얼굴에 수건을 대고 눌렀다.

복수하게 되어 기뻐하리라 생각했는데, 술병을 따고 웅크려 앉은 세민의 표정은 오싹하리만큼 공허했다. 그는 술병을 거꾸로 들었다. 술이 꿀렁꿀렁 박자에 맞추어 흘러나와 수건으로 틀어막힌 안록산의 코와 입 위에 쏟아졌다.

수건 아래로 원초적인 비명이 흘렀다. 알싸한 술 내음이 방 안에 퍼졌다. 세민은 병을 더욱 세차게 움켜쥐었다. 얼굴 위로 긴장한 기색이 살짝 스쳤다.

내가 수건을 치우자 세민이 경사침대를 똑바로 들어 올렸다. 술이 온통 화상을 입은 몸에 흘러내리자 안록산의 비명은 더욱 처절하고 날카로워졌다. 그의 고통이 공기 속으로 전기처럼 뻗어나갔다.

안타깝게도 세민과 나는 목기가 약했다. 화기를 띤 금속에 목기를 흘려보낸다면 아주 볼만했을 텐데. 이치에게 아머가 있다면 그 아머는 분명 초록색을 뿜어냈을 것이다. 그의 두 번째 기가 바로 목기였기 때문이다. 이치의 아머는 지금처럼 공포가 뒤섞인 상황에 더할 나위 없이 대단한 효과를 냈을 것이다.

나는 카메라 프레임에서 벗어난 곳으로 가며 말했다.

"어서 말해요. 시스템이 여자애들에게 불리하게 조작된 걸 우린 이미 알고 있으니까. 거짓말할 생각은 꿈도 꾸지 말고요. 지금 사마의도 당신과 똑같은 일을 당하고 있거든요. 당신들 둘의 대답이 다르다면 누가 거짓말을 하는지 다시 따져봐야겠죠."

거짓말이었다. 사마의는 자기 침대에서 안전하게 코를 골며 자고 있었다. 하지만 충분히 먹혀들 만한 얘기였다.

안록산이 씨근댔다.

"여자들이 그냥 선천적으로 약한 거야! 원래 그래!"

"못 믿겠는데요. 세민, 계속해."

경사침대가 다시 움직였다. 술이 흘러내렸다. 젖은 비명에 이어 숨막히는 소리가 났다.

"시스템이 어떤 식으로 여자애들에게 불리하게 조작되었죠?"

내 목소리는 놀랄 만큼 차분했다.

안록산은 미친 듯이 욕설을 퍼부었지만, 그의 말은 점점 어눌해지기 시작했다. 코로 곧바로 들어간 술에 빠르게 취기가 도는 모양이었다. 이것 역시 우리가 계획한 것이었다.

나는 고개를 갸웃거리며 말했다.

"이봐요, 당신이 쉽게 불지 않으리라는 건 알고 있었어요. 하지만 생각이란 걸 좀 하면 어때요? 군대의 기밀을 지켜주다가 당신 혈육을 잃어도 괜찮겠어요?"

안록산은 경사침대에서 여전히 몸을 움찔거렸다.

"뭐야?"

세민은 공구 더미에서 태블릿을 꺼내 내게 주었다. 태블릿 화면에 어두운 콘크리트 방이 떠올랐다. 그리고 그 안에 있는 의자에 꽁꽁 묶인 소년이 보였다.

그건 이치의 회사 사람에게 부탁해 만든 이미지에 불과했지만 난 아무런 부연 설명도 하지 않았다. 말로 허풍을 떨 의도도 없었다. 안록산은 제멋대로 머리를 굴리다가 제 발로 함정에 빠져들 테니.

그는 세차게 고개를 저었다.

"아니야, 이럴 리 없어. 너희가 어떻게……."

"딱 5분 줄게요. 이제 그만 사실을 말하시죠."

나는 태블릿에 타이머를 띄워 둔 채 무릎에 얹고 기다렸다.

"이 아인 아직 애야! 어린애라고!"

안록산의 쉰 목소리가 유리처럼 갈라졌다.

"시스템이 어떤 식으로 여자애들에게 불리하게 조작된 거죠?"

나는 반복해서 물었다. 해명하지도 않았다. 협상의 여지도 없었다.

"제발……."

안록산은 정말로 울기 시작했다.

나는 세민에게 손짓했다. 그는 다시 경사침대를 조작하려고 손을 뻗었다.

그 순간, 안록산이 소리쳤다.

"음의 조종석이—!"

세민은 경사침대 귀퉁이에 손을 얹은 채 동작을 멈췄다.

"계속 말해요."

나는 안록산에게 몸을 숙였다.

안록산은 눈을 질끈 감은 채 얕은 숨을 몰아쉬었다.

"음의 조종석은 능동 입력이 적고 수동 입력이 더 많아."

온몸의 근육이 죄어들면서 덜덜 떨렸다. 안록산의 목소리에 어린 체념의 기색으로 보아 그의 말은 틀림이 없었다.

드디어, 진실을 알아냈다.

"능동 입력과 수동 입력이라는 게 대체 뭐죠? 알기 쉽게 설명해 봐요."

나는 땀에 젖어 미끄러운 손으로 휠체어의 팔걸이를 잡았다.

안록산은 눈을 감은 채 입을 열었다.

"능동 입력은 척추에서 나오는 기력과 신경 신호다. 수동 입력은 그냥 기의 흐름이고."

싸늘함이 저릿하게 뺨에 퍼졌다. 그렇다면 둘의 차이는 어마어마하다. 능동 입력이 나와 세민이 주작을 조종하는 것을 의미한다면, 수동 입력은 이치처럼 단순히 주작에 기를 공급하는 것을 의미한다.

그 순간, 철제 바닥에 유리가 깨지는 소리가 들려와 나는 깜짝 놀랐다. 세민이 깊이 숨을 들이쉬었다.

"그 말은…… 여자의 기력이 크리살리스 안에서 적극적으로 *깎여 나간다*는 뜻인가?"

세민은 문덕을 생각하고 있었다. 그의 짝이 됐어야 했던 문덕은 사실 세민보다 약해서 죽은 게 아니었다.

조종사 시스템이 물리적으로 그녀의 잠재력을 막아버려서 조종 능력을 펼칠 수 없게 했기 때문이다.

"원래 크리살리스에 타는 여자들은 기를 공급하는 역할인 거야."

안록산이 말했다. 그 말을 들으면 우리가 납득할 거라고 믿는 듯한 눈치였다. 남자들이 여자를 배터리처럼 소모하도록 설계해 놓은 것에 죄책감 따위는 없는 목소리였다.

세민은 쿵쿵대며 자리에서 일어났다. 아머의 발소리가 총성처럼 울렸다. 그는 연단 뒤편으로 가서 강철판을 덧댄 벽에 몸을 기댔다. 그러곤 반짝이는 금속판 위에서 주먹을 쥐었다 폈다 했다.

세민의 깨달음이 나에게 전달되며, 머리끝에서 심장이 뛰는 듯했다. 모든 균형 잡힌 짝은 사실 균형 잡힌 짝이 아니었다. 시스템은 조작되었고 여성의 기는 억제되었다. 다시 말해, 균형 잡힌 짝이 되려면 남자보다 훨씬 강력한 여자가 필요했다.

오래 유지되는 커플의 여자 조종사가 남자보다 더 기력이 크게 느껴졌던 이유가 이것이었다. 우리도 마찬가지겠지.

입력 장치가 동등하게 설정되었다면 세민과 문덕은 잘 맞는 팀이, 한 쌍이 되었을까?

하지만 그 모든 가능성은 조작된 불균형 때문에 사라졌다.

안록산은 고통스러워하며 목멘 소리를 냈다.

"난 진실을 말했다. 그러니 내 아들을 풀어—."

"왜?"

나는 버럭 소리쳤다. 나의 목소리가 방에 쩌렁쩌렁 울렸다.

"왜 군대는 이런 짓을 했지? 왜 장치를 동등하게 만들지 않았냐고! 동등하게 만들었다면 균형 잡힌 짝이 더 많이 나올 수 있었잖아!"

"기력은…… 예측 불가능하니까. 이럴 수밖에…… 없었어. 안전하게 돌아오게 하려면."

나의 혀와 입술이 굳어갔다.

"남자애들을 위해서였구나. 남자들이 살아서 돌아오게 하려고."

"열심히 하는 조종사가 없을 거 아냐……. 반려 때문에 죽을 수도 있다고 생각하면 겁이 나서 누가 조종사를 하겠어……."

"그럼 소녀들은? 그 애들은 안 무서웠을 것 같아?"

"여자들은…… 희생하는 데 익숙하니까."

어지러웠다. 나는 세민이 선 벽에 같이 서고 싶었다. 벽에 내 머리를 박아서 두개골을 부수고 뇌를 피투성이로 으깨버리고 싶었다.

"내 아들은 제발 놔줘."

안록산은 뻔뻔스럽게도 계속해서 애원했다. 나는 흐느끼며 말했다.

"당신 정말 역겹네. 너희 모두 역겨워."

안록산의 얼굴이 공포로 허옇게 질렸다.

"내 아들에게는…… 화풀이하지 말아줘. 그 여자애들도 다 알고 시작한 일이야. 죽을 수 있다는 건 다들 알고 있었어. 본인이 선택한 거야!"

나는 버럭 소리쳤다.

"아니! 걔들이 아니라 가족이 선택한 거겠지! 애들은 반항하지 못했던 거고. 만에 하나 균형 잡힌 짝이 될 수도 있다는 실낱같은 환상을 믿었으니까!"

"그게 내 아들과 무슨 상관이야? 그 앨 놔주라고!"

안록산은 묶인 상태로 몸부림쳤다. 나는 계속해서 고개를 저었다.

"당신 아들은 인구 절반의 잠재력을 낭비하는 세상에서 살고 있어. 혼돈들이 만리장성 바로 바깥에서 우리를 가루로 만들어버리려고 기다리고 있는데도 말이야. 우리는 제 발로 파멸 속으로 걸어가고 있는데, 그게 당신 아들과 아무런 상관이 없다고?"

"그 앨 놔줘! 약속했잖아!"

"우린 그런 약속을 한 적이 없는데."

세민의 목소리가 손에 잡힐 듯 방 안에 울렸다. 압도적인 소리에 나는 움찔했다. 세민을 바라보니 붉은색과 금색이 뒤섞인 기가 강렬하게 경혈을 흐르고 있었다.

나 역시 순간 놀랐지만, 재빨리 마음을 다잡고 생각했다. 전략을 바꾸자. 그래, 안록산에게 최고의 고통을 주는 거야.

얼음처럼 맑은 내 웃음소리가 방 안을 울렸다. 나는 안록산의 눈을 지그시 바라보며 차가운 거짓말을 뱉었다.

"사실 저건 몇 시간 전에 찍은 거야. 네 아이는 이미 죽었을걸?"

고통에 휩싸인 안록산은 마구 울부짖고 사지를 버둥대며 나에게 온갖 욕설을 퍼부었다. 곧이어 여자를 비하하는 말들이 이어졌다.

세민은 쿵쿵대는 발걸음으로 돌아와 경사침대를 거칠게 돌렸다.

안록산의 욕설이 방향을 바꾸어 들려왔다.

"내 반려에게 그런 식으로 말하지 마."

세민은 그를 노려보았다. 안록산은 거꾸로 뒤집어진 상태에서도 고함을 질렀다.

"너희가 이러고도 무사할 줄 아느냐! 누군가는 증거를 찾아낼 거다! 너희는 *대가를 치를 거야!*"

세민은 웃었다. 깊고도 부자연스러운 웃음소리에 나의 가슴이 찌르는 듯 아팠다. 그는 군대가 지난 2년 동안 목에 채워둔 묵직한 쇠 목걸이를 움켜쥐었다. 그의 손아귀로 새빨간 빛이 번졌다. 손에서 나오는 열기가 금속을 뒤틀었다.

세민은 쇠 목걸이를 목에서 떼어내 벼락을 때리듯 바닥에 던져버렸다.

충격이 방에 퍼지면서 살갗이 부르르 떨렸다. 세민에게 공포를 느껴본 게 너무 오래전이라 그가 얼마나 무시무시한 존재인지 잊고 있었다. 세민의 마음에서 무언가가 깨어났다. 하지만 깨어난 건 선한 쪽이 아닐 수도 있었다.

'*내가 무슨 짓을 한 거지? 대체 뭘 풀어버린 거야?*'

생각이 마구 뒤엉켰다.

잠시 후, 나는 마음을 다잡았다. 세민에게 비정상의 낙인을 찍은 건 내가 아니었으니까. 그건 다른 이들이 한 짓이다.

걔는 '그런 남자'라고, 다들 세민을 두고 말했다.

걔는 '그런 여자'라고, 다들 나를 두고 말했다.

그래, 이게 우리야. 그 기대에 부응해 줄게.

"무슨 일이 일어나든 네놈은 알 수 없겠지."

세민은 술병을 새로 가져왔다. 그는 마치 철의 악마가 몸속에 현현한 듯 말하고 있었다. 그가 그렇게도 되길 거부했던 바로 그 철의 악마 말이다. 그는 병을 보란 듯이 휘두르며 안록산 앞에 웅크리고 앉았다. 병 위로 세민의 경혈에서 흘러나온 빛이 어둑하게 어른거렸다.

"이제부터 이걸로 네놈을 익사시킬 거거든. 그 모습을 시시각각 즐겨주겠어."

나는 술이 뚝뚝 떨어지는 수건을 들어 올리며 짐짓 슬픈 목소리를 지어냈다.

"이건 너무 비극적인 일인걸? 선임전략가 안록산이 밤사이 실종됐다니. 아, 그런데 말이죠. 안 전략가를 찾아 만리장성을 샅샅이 뒤질 겨를은 없을 거예요. 당신 없이도 충분히 반격할 수 있거든요. 수석전략가 제갈량이 있잖아요. 그분을 훨씬 선호하는 편이라서요."

안록산은 잠시 당황한 표정을 짓더니, 이내 히스테릭한 웃음을 터뜨렸다.

"영웅이 되면 안전할 것 같으냐? 어디 잘해 봐라! 너희가 승리하는 순간 바로 살육당하게 될 테니!"

나는 가슴에 손을 댔다.

"그건 아닐걸요? 우리는 그 순간을 대비해 훨씬 더 큰 계획을 세워 놓았답니다. 그리고 당신의 고백 덕분에 그게 가능하게 되었고요."

"너희는 아무것도 바꿀 수 없을 거다. 진짜 여자는 자기의 분수를 아는 법이야. 진실을 안다 해도 어차피 여자들은 아무것도 못해."

"지금 내가 무슨 생각 중인 줄 알아? 여성은 고분고분하고 순종적
이라는 개념은 그저 그것이 진실이었으면 좋겠다는 당신들의 바람
일 뿐이야. 거짓 환상이지. 그게 아니고서야 왜 그토록 기를 쓰고 우
리에게 거짓말을 하는 거지? 왜 우리 몸을 힘없이 만드는 거야? 왜
성스러움을 주장하는 거짓 도덕을 우리에게 강요하는데? 불안에 떠
는 너희 남자들이 겁먹어서 그런 거잖아. 우리에게 복종을 강요할
수는 있지만, 진심으로 너희를 사랑하고 존중해 달라고 강요할 수는
없다는 걸 내심 알고 있으니까. 사랑과 존중이 없다면 언제나 불화
와 저항의 씨앗이 있을 테고, 그 씨앗이 자라고 뻗어 나갈 때를 우리
는 기다려왔어."

포장도로를 뚫고 뿌리 내린 식물처럼, 거꾸로 매달린 안록산의 머
리에 나는 손톱을 찔러 넣으며 말을 이었다.

"죽기 전에 하나 확실하게 말해 줄게. 나 같은 여자는 세상에 널렸
어. 다만 겉으로 고분고분한 아내이자 딸이자 첩인 척하고 있을 뿐이
야. 그 여자들이 군대의 거짓말을 알게 되면 좋아할까? 아닐걸."

안록산은 입을 벌려 무어라 말하려 했지만, 나는 그 입을 수건으로
틀어막았다. 그가 내 입을 그토록 세차게 틀어막으려 했던 것처럼.
세민은 한때 자신의 정신을 망가뜨렸던 술을 쉴 새 없이 그에게 쏟
아 부었다.

안록산의 마지막 말은 축축하게 죄어오는 불행 속에서 익사해 버
렸다.

스위트룸으로 돌아오자 이치가 주방 아주머니들이 주로 착용하는 꽃무늬 토시와 밀가루투성이 앞치마 차림을 하고 문으로 달려나왔다.

"애들아, 파티는 재미있었어? 이리 와서 저녁 식사 준비 같이 하자! 나 지금 막 번을 튀기려는 참이야!"

이치는 일부러 지어낸 명랑한 말투와는 대조적인 강렬한 눈빛을 보이며 물었다.

스위트룸에 도청 장치가 있을지도 모른다며 이치가 온갖 감시 장비를 다 동원해서 확인했지만, 그래도 위험을 무릅쓸 필요는 없었다. 세민과 나는 날개를 접고 이치와 함께 주방으로 갔다. 내 휠체어는 그 안에 간신히 비집고 들어갈 수 있었다. 이치는 배기 장치를 켠 다음 커다랗고 우묵한 프라이팬에 기름을 한가득 부었다. 그의 옆으로 보이는 조리대에는 직접 만든 빵이 가득 놓여 있었다. 스토브 위에 있는 세민의 약탕기는 보글보글 끓는 소리가 크기도 했지만, 수증기를 자욱하게 피어 올려서 창문을 가렸다. 덕분에 혹시나 바깥에 있을지도 모르는 정찰용 드론의 촬영으로부터도 안전했다.

다른 때 같았더라면 나는 웃었을 것이다. 규칙에 따라 정정당당하게 경기하지 않아도 되는 특권을 얻은 듯한 이 상황이 어이없고 웃겨서. 방금 나와 함께 사람을 고문한 남자와 그 후에 빵을 차려놓고 나를 맞아주는 남자 중에서 하나만 고를 필요가 없다니. 얼마나 좋은 일인가.

하지만 내 무릎 위에는 지금까지 우리가 한 짓이 고스란히 담긴 카메라가 폭탄처럼 놓여 있었다.

이치가 기름에 첫 번째 빵을 넣자 기름 끓는 소리와 함께 연기가 피어올랐다. 이윽고 나는 카메라를 들고서 이를 악문 채 말했다.

"직접 봐. 그냥 네가 직접 보는 게 좋을 것 같아."

이치는 눈살을 찌푸리면서 카메라를 받아들고 조리대에 몸을 기댔다. 세민은 젓가락을 들고서 기름에 빵을 넣었다. 고소한 향기가 주방에 가득히 퍼지자 긴장감으로 속이 뒤틀린 와중에도 입에 군침이 돌았다.

뿌옇게 흐려진 창문 너머로 연회 중인 조종사들이 술에 취해 군가를 부르는 소리가 들렸다. 카메라를 얼굴에 바짝 대고 한쪽 눈으로 화면을 보는 이치의 얼굴에 더러운 것을 보는 듯한 기색이 떠올랐다. 이치는 지금 세민과 나의 최악의 모습을 보고 있었다. 보통 사람들이라면 우리가 이런 짓을 하고도 후회 없이 그 자리를 떴다는 데 경악했을 것이다. 스스로도 그걸 알기에 긴장하게 됐다.

카메라에서 안록산의 비명이 들려왔다. 이치의 표정이 차디찼다. 눈을 깜빡이지도 않았다. 그의 섬세한 이목구비는 안록산이 비밀을 고백했을 때가 되어서야 충격으로 일그러졌다.

이치는 우리가 이 영상을 조작이라도 했다는 듯 의심스러운 눈빛으로 이쪽을 쳐다보았다. 나는 돌처럼 차가운 시선으로 그 눈빛을 마주했다. '안타깝지만 이게 세상의 현실이야.'라는 무언의 대답이었다.

처음에 받았던 충격이 가시고 나니 우리가 알아낸 정보를 완벽하게 이해할 수 있었다. 더 일찍 깨닫지 못했던 스스로에게 화가 날 정도였다.

"여자들은 선천적으로 남자들보다 기력이 약하다고."

어째서 난 오랫동안 의심하지 않았을까? '잠깐만, 왜 약한데?'라는 중요한 질문을 왜 던지지 못했던 걸까? 조종사 시스템은, 아니 더 나아가 세상의 모든 구조는 어디까지가 순수한 사실에 근거하고 또 어디까지가 환상에 불과한 것인가? 날조된 허상은 세대를 거듭하며 더욱 강화됐을지도 모른다. 사람들은 자신들이 갇힌 편안한 상자 속에서는 의문을 제기하지 않으니까. 그들은 얼마든지 자의적으로 해석할 수 있는 규칙에 기대어 산다.

영상이 끝날 때쯤 날카로운 우두둑 소리가 들려와 깜짝 놀랐다. 기름이 지글거리며 창백한 연기를 뿜어내는 프라이팬 앞에 선 세민이 보였다. 그는 눈을 질끈 감고서 아머를 착용한 손을 주먹 쥔 채 입을 막고 있었다. 다른 손에 든 젓가락은 부러진 채였다. 세민은 떨지 않으려고 온몸에 뻣뻣하게 힘을 주었다. 마치 금단 현상이 온 것처럼 떨리는 몸을 억누르고 있었다.

"세민아……."

이치는 나직하게 말하며 그에게 손을 뻗었다.

"미안해, 난……."

세민의 몸이 바짝 굳었다. 눈이 부릅떠지더니 홍채가 진홍빛으로 불타올랐다.

"아니, 안 미안해!"

세민은 휙 돌아섰다. 젓가락 조각이 미끌미끌한 바닥에 쟁강 떨어졌다. 악마처럼 붉게 이글거리는 눈동자에서 눈물이 주르르 흘러나와 얼굴을 물들였다.

"그 어떤 것도 내 잘못이 아니야!"

"맞아. 네 잘못 아니야."

이치는 어두운 목소리로 대답했다. 침울한 표정과 어울리는 말투였다.

세민은 바싹 마른 웃음을 짧게 뱉으며 고개를 저었다. 그리고 창문을 쾅 쳤다. 김 서린 유리가 그의 주먹 쥔 건틀릿을 맞고 산산이 조각났다. 깨진 유리 위로 세민의 눈동자가 흐릿한 붉은 반점처럼 비쳤다.

"이제껏 내내…… 그 여자애들은 모두……."

나는 휠체어로 세민에게 가까이 다가가 손을 잡았다.

"말했잖아. 넌 이용당한 것뿐이라고."

이치는 카메라를 조리대에 두고 토시를 벗었다. 그리고 깨끗한 예복 자락으로 세민의 눈물을 닦아주며 덧붙였다.

"그리고 잊지 마. 상황이 잘못 설계돼 있었다고 해도, 네가 한 전투는 무의미하지 않았어."

세민은 다시 어두워진 눈빛으로 나와 이치를 번갈아 바라보았다.

그 순간, 유리창에 붉은빛이 비쳤다.

설마 드론인가? 어디부터 본 거지? 하지만 이치가 손으로 유리창의 김을 닦아내자…… 드러난 것은 종이로 만든 풍등이었다.

혼돈 야생 구역 위로 날아다니는 풍등은 이글이글 타오르며 깜빡이는 별처럼 보였다. 밤하늘을 가득 채운 진짜 별들을 향해 더 높이 날아오르는 풍등 뒤로 다른 풍등 몇 개가 더 올라갔지만, 우리를 둘러싼 수증기와 연기가 자욱한 나머지 이제는 흐릿하게 보일 뿐이었다. 우리 셋은 서로를 바라보았다. 서로 말하지 않아도 알 수 있었다. 우리는 힘차게 창문을 열었다.

살랑이는 바람결에 야생 구역의 흙 내음이 실려와 프라이팬의 타는 냄새와 뒤섞였다. 나는 젓가락을 새로 들고 까맣게 탄 빵을 건졌다. 화재경보기가 울리게 두면 안 되니까.

만리장성을 따라 구불구불 이어진 등불이 넘실넘실 하늘에 떴다. 반짝이는 하늘을 가로질러 빛나는 풍등의 행렬은 주황색 용 같았다.

"복수를 위해!"

연회에 참석한 조종사들이 망루 너머에 뻗은 만리장성에서 소리쳤다.

"자유를 위해!"

"인류를 위해!"

"너희 조종사들은…… 중요한 일을 하는 사람이야."

이치는 풍등을 바라보며 말했다. 밤바람에 반묶음 한 머리가 휘날렸다.

"하지만 우리 셋이라면 더 잘할 수 있어."

내 말에 세민도 고개를 끄덕였다.

"그래. 우린 할 수 있어."

세민은 풍등을 보지 않았다. 그는 이치를 보고 있었다.

그는 아머로 덮인 엄지로 이치의 우아한 턱선을 어루만지더니, 얼굴에 묻은 밀가루를 털어주었다.

이치의 눈이 커다래졌다. 세민은 얼른 손을 떼었다.

"미안해."

이치는 몇 초 동안 할 말을 잃은 듯 보였지만 이내 표정을 관리했다.

"너 말이야, 잘생긴 얼굴 함부로 쓰면 안 돼."

그는 세민에게 윙크했다.

이 상황을 맞은 세민의 표정을 본 나는 웃지 않으려고 입술을 깨물어야 했다.

"아, 정말 그러지 좀 마."

이치가 다시 진지하게 말했다. 더욱 숨죽인 목소리였다. 이치의 손끝이 세민의 목덜미에 드러난 피부를 훑었다. 쇠 목걸이 아래에 감춰져 있던, 붉게 부풀고 긁힌 상처가 난 바로 그 지점이었다.

세민은 떨리는 숨을 입술 사이로 들이쉬었다. 이치는 그 입술을 오랫동안 나른하게 바라보다가, 이내 세민의 눈동자로 시선을 옮겼다. 둘 사이로 수증기와 밤공기가 소용돌이쳤다. 한쪽은 뜨겁고, 또 한쪽은 차가운 정반대의 기류가 섞여들었다. 그들의 머리 위로 높이 솟아오른 풍등은 마치 빛나는 다리처럼 이어졌다. 그 모습을 바라보는 나의 얼굴이 달아올랐다. 귓가에서 맥이 두근두근 뛰었다.

이게 실제로 일어날 수 있는 일이야?

'마침내' 일어나고 만 거야?

세민의 눈이 이치의 이목구비를 가득 머금었다. 하지만 이내 죄책감 어린 시선으로 나를 흘깃 보았다.

나는 손가락으로 삼각형을 만들어 보이며 고개를 끄덕였다.

그는 깜짝 놀라 키득 웃었다.

이치도 같이 웃었다.

"이 세상에는 기분 좋은 감정이 얼마 되지 않아. 그러니 좋은 감정이 느껴진다면, 억눌러야 할 이유가 없잖아?"

이치는 속삭이듯 말했다. 하지만 그의 눈빛은 아까와는 다른 강렬함을 품고 세민을 지그시 바라보았다. 세민의 목울대가 크게 움직였다.

"이 세상이 나를 미워할 이유를 더는 주지 말자고 굳게 마음먹은 적이 있었어. 하지만 지금은……."

"지금은?"

그들 사이로 이치의 목소리가 바람처럼 섞여들었다.

"지금은 말이야……."

세민은 이치의 턱을 잡았다.

"그런 거 다 집어치우라고 해."

세민은 다른 팔로 창문을 쾅 닫은 다음 고개를 숙여 이치의 입술에 자신의 입술을 겹쳤다.

심장이 불규칙하게 두근거리며 가슴이 죄어들었다. 그럼에도 내가 느끼는 가장 큰 감정은 평화로움이었다. 마치 어떤 '완성' 같은 것이 느껴졌다. 나의 살인마 연인, 그리고 나의 귀여운 연인. 우리가 이제껏 군무처럼 추어온 이 삼각형의 마지막 선이 완성되면서 우리는 그 어느 때보다 강력해졌다.

이건 우리가 또 하나의 암묵적인 규칙을 어기고 있다는 뜻이었다. 누군가는 우리를 보고 파격적이라고 말할 것이다. 하지만 우리에겐 이게 최선이다. 우리 셋은 무엇이 좋고 무엇이 그른지 명령하는 이 세상과는 더는 엮이지 않을 것이다.

입맞춤을 멈춘 이치와 세민은 한 몸처럼 내게 손을 내밀어 나를 끌어당겼다. 그들은 함께 나를 바라보았다. 나의 심장이 심하게 쿵쿵거리면서 그만 울컥해졌다.

"음, 이제 우리 이렇게 된 마당에······."

나의 웃음이 한숨으로 변하고, 나의 눈빛은 더욱 굳어졌다.

"세상을 바꾸자."

아직 할 일이 하나 남았다. 영상을 편집해서 안록산의 고백만을 남겨두는 것이다.

우리에게 더 큰 계획이 있다고 말했던 건 허풍이 아니었다. 우리가 주 지방을 되찾고 돌아와 모든 카메라 드론이 우리에게 집중하는 승리의 순간에, 나는 조종석에서 일어나 태블릿을 들고 화하 전역에 진실을 밝힐 것이다.

제 4 장

WAY OF THE DRAGON
용의 길

산에는 여섯 개의 다리와 네 개의 날개가 달린 신(神)이 산다.
그 신은 혼돈과 다르지 않지만, 노래하고 춤추는 법을 안다.
그는 강의 황제다.

《산해경(山海經)》

제40장

우주의 재앙

수-당 국경 지방에 모인 크리살리스는 모두 329대였다. 우리는 아직 별들이 하늘에서 반짝이는 동안 반격을 시작했다. 서로 간격을 두고 혼돈 야생 구역을 빠르게 달렸다. 발아래로 대지가 뒤흔들리고 회색 먼지구름이 피어올랐다.

안록산이 실종되자 예상대로 큰 소란이 일었지만 반격 개시 시간을 미룰 수는 없었다. 해가 떠 있는 동안 실행하는 게 무엇보다 중요했기 때문이다. 만약 전투가 길어져 해가 진 이후까지 계속된다면 시야를 확보할 수 없어 무척 불리해질 것이다.

우리는 아무 벙커나 골라서 화장실 안쪽에 안록산의 시체를 숨겼다. 누군가 시체를 발견한다 해도 널리 알려질 것 같지는 않았다. 이런 사망 사건을 발표했다가 사기가 떨어지기라도 하면 안 될 일이니.

세민과 나는 일반형 주작에 탑승해서 앞으로 나아갔다. 주작이 발을 지면에 내리칠 때마다 땅이 이리저리 갈라졌다. 크리살리스의 날개와 긴 꽁지깃 위로 바람이 갈라져 불었다. 백호와 현무는 우리 양편에서 보조를 맞추어 달렸다. 하지만 양편이라 해도 시야에 들어올 정도였을 뿐, 거리는 상당히 떨어져 있었다. 크리살리스의 대형은 평야를 최대한 가로질러 넓게 뻗은 형태였다. 혼돈이 도망갈 틈을 주지 않으려는 의도였다.

우리가 휘저어 놓은 먼지구름 속에서 수없이 많은 장갑차가 안전거리를 유지한 채로 달려오고 있었다. 딱정벌레처럼 작아 보이는 장갑차에는 드론의 정찰 범위를 넓혀주는 전파 송신기와 크리살리스 스피커가 실려 있었다. 장갑차들이 기존의 전파가 닿지 않는 새로운 범위 제한선에 접근할 때마다 일부 차량은 더 가지 않고 그 자리에 남아 기지국의 역할을 했다.

만약 가장 가까운 제한선의 장갑차들을 파괴한다면, 놈들은 우리가 어떻게 움직이는지 전혀 알아채지 못할 것이다. 다른 조종사들에게 명령을 내리지도 못하게 되겠지. 우리는 안록산의 고백을 방송한 다음 살아남을 계획도 세웠다. 일을 마무리한 후에는 장갑차를 파괴할 것이다.

나는 이제 놈들을 '군대'라고 부르지도 않기로 했다. 전략가들이란 전쟁터에서 목숨을 걸고 싸워본 적도 없으면서 뒤쪽에 앉아 지시만 내리는 노망난 인간들일 뿐이다. 군인들은 그저 화하 전역의 민간인과 맞붙는 용도일 뿐, 진짜 공포인 혼돈과는 맞붙지 못한다. 진짜 군대는 바로 우리다. 진실을 알게 된 세민의 반응을 보며, 나는 다른 남자 조종사들도 똑같은 분노를 느낄 수도 있겠다는 희망이 생겼다. 그들 모두가 여자들이 끊임없이 죽어나가는 상황을 괜찮다고 생각하는 무정한 괴물은 아닐 것이다. 우리가 충분히 설득한다면, 아무도 막아설 수 없는 거대한 크리살리스 군단은 놈들의 것이 아닌 우리의 것이 될 수도 있다.

그때는 전략가들과 성현들도 굽히고 들어올 수밖에 없겠지.

어느덧 나는 성현들이 무릎을 꿇고 애원하는 가운데 첩 조종사들이 만리장성에서 환호를 지르는 환상에 빠져들었다.

정신 차려. 아직은 이런 말랑한 생각에 빠질 때가 아니야.

지금 우리가 선 곳은 인간의 영역이 아니다. 혼돈 무리가 언제든 지평선 너머에서 달려 나올 가능성이 있었다. 수-당 국경 지방은 기본적으로 무방비 상태나 다름없어서, 혼돈이 우리가 구축한 크리살리스 방어선을 통과한다면 재앙이 펼쳐질 것이다.

마음 같아서야 지금이라도 온 세상에 소리 높여 진실을 외치고 싶었지만, 혼돈의 둥지를 부수기 전에는 방송할 수 없었다. 진실이 일으키는 혼란 때문에 전투가 완전히 엉망이 될 가능성이 있기 때문이었다. 혼돈을 상대로 반드시 승리해야 집단의 생존을 보장할 수 있다.

이동 내내 정신 감각을 활성화시키는 것은 엄청난 기 소모를 동반하기 때문에, 우리는 전략가와 주변의 정찰 드론에 의존해서 적의 동태를 파악할 수밖에 없었다. 주 지방의 대지는 아주 평탄했다. 우주 공간 안에 반드시 존재할 수밖에 없는 지리적 결함을 교묘히 피한 곳이라는 생각이 들었다. 이곳은 농사를 짓고 가축을 키우기에 완벽한 곳이지만, 혼돈의 공격을 받았을 때는 방어하기 아주 까다로운 환경이기도 했다. 그래서 200년도 더 전에는 모든 걸 잃었던 것이다. 혼돈이 자가 복제 둥지를 곤륜산맥에 지은 것도 그 이유에서다. 주 지방의 반대편 끝에 있는 곤륜산맥은 먼 지평선 위로 구부정하게 솟은 이빨이 연이어 난 것처럼 희미하게 보였다. 내륙에는 방어선이 될 만한 지형이 거의 없었다.

처음에 나는 무척 화가 났다. 혼돈들이 200여 년 동안 이 땅을 얼마나 착취해 왔던가. 지금 황량한 사막이 되어버린 대지는 원래 네모꼴의 푸른 논밭과 마을이 옹기종기 모여 있던 곳이다. 그중 한 곳은 나의 진정한 고향이었을 텐데. 나의 선조가 대대로 밭을 일구고 고생하며 웃고 노래하며 살았던 곳이었을 텐데.

30분쯤 달리자 저 멀리 푸른 숲이 보이기 시작했다. 끝도 없이 펼쳐진 듯했다.

스피커를 통해 우리와 연락을 주고받던 사마의가 설명했다. 이곳은 전투가 집중적으로 이루어지는 지역이 아니라서 그런 것이라고. 혼돈은 정착해서 살지 않아도 되기 때문에 땅의 기를 모두 소모하지 않아서 초목이 자랄 수 있다고 했다.

흠. 그렇군. 나는 아주 오랫동안 주 지방 전체가 황무지인 줄 알았는데.

그곳에 나무들이 있다 해도 걷는 데는 문제가 없었다. 높이가 50

미터에 이르는 주작은 웬만한 나무보다 세 배는 더 컸으니까. 하지만 우리가 달려가는 발걸음 아래로 200년 된 나무줄기와 높다란 수풀이 우지끈 부러지고 꺾이는 소리를 내면서 쓰러지자, 내 안에서 뭔가 잘못되었다는 느낌이 꿈틀댔다. 그것은 죽음과 파괴로 이루어진 심란한 불협화음이었다. 다른 크리살리스들도 숲을 밀며 들어오는 바람에 숲속에서는 계속해서 소음이 올라왔다. 놀란 새들은 밝아오는 새벽녘 하늘에 검은 점이 되어 사라졌다. 일제히 날아올라 층을 이룬 새들의 날갯짓은 서쪽으로 멀리, 더 멀리 이어졌다.

그럼 새들처럼 날지 못하는 짐승은 어떡하지?

온갖 크기의 혼돈들이 200년 동안 숲속을 돌아다녔을 텐데, 이렇게 단정하게 유지된 숲이라니, 이해할 수가 없었다. 혼돈은 숲을 죄다 짓밟지 않고 돌아다닐 수 있었던 걸까? 가장 먼저 눈에 들어온 답은 나무 사이가 휘어지고 패여 남은 둥근 틈이었다. 그 틈들은 아주 깨끗했다. 이곳으로만 혼돈들이 지나다녔다고 생각해야 말이 되었다. 그 생각이 참 황당하면서도 내심 실망스러웠다. 혼돈이 머문 세상이 인간들의 세상보다 더 잘 유지되고 있었다니!

어느새 나는 조상들이 이곳에 살았다는 증거를 찾고 있었다. 우리 뒤로 태양이 떠오르면서 숲에 드리워진 주작의 그림자는 점차 줄어들었다. 햇빛은 가끔 금속이나 콘크리트로 보이는 것들에 비쳐 섬광을 내뿜었다. 물론 그 옛날의 도시와 마을은 지금보다는 규모가 작았겠지만, 그렇다 해도 남은 흔적이 이것뿐이라니…….

두려움과 공허함이 함께 몰려들었다. 우리는 삶을 살아가기 위해 엄청난 노력을 기울이지만, 그 삶의 흔적과 의미는 너무나 빨리 사라진다. 그것도 너무나 쉽게.

몇 시간이 지나도 혼돈은 나타나지 않았다. 혼돈 야생 구역에 들어가면 20분도 되지 않아 정찰용 드론이 격추되곤 하는데, 이번에는 아니었다. 이건 좋은 징조가 아니다. 혼돈들이 곤륜산맥으로 집단 퇴각해서 우리를 맞이할 준비를 끝냈다는 뜻이니까. 혼돈은 대개 기계적으로 움직이는 생각 없는 짐승처럼 보였지만, 지금 이 모습은 생각 끝에 계산된 결정을 내린 것처럼 느껴져서 섬뜩함마저 들었다. 긴장한 채로 먼 길을 오느라 상당한 기를 소진한 우리를 마지막에 맞겠다는 계산인 걸까? 만약 정말 그렇게 된다면 그들에게는 그야말로 *최고의 상황이겠지.*

혼돈 둥지의 심장부에는 축융봉이라는 화산이 있었다. 그 화산은 이 행성이 지닌 고농축 기와 연결된 통로 역할을 한다. 거기서 기를 재충전할 수도 있겠지만, 그곳은 혼돈의 유충이 모두 모인 곳이기도 하다. 그러니 혼돈은 있는 힘을 다해 우리가 축융봉에 가지 못하도록 막을 것이다.

지형이 점점 경사를 이루다가 마침내 산에 다다랐을 때였다. 정찰용 드론이 안개가 점점 짙어지고 있다고 알렸다. 불안했다. 우리는 결국 앞을 분간하지 못하고 불리한 상황에 처할 것이다.

곤륜산맥은 전투를 벌이기에 좋은 곳이 아니었다. 산 지역은 대부분 자연이 빚은 마천루처럼 하늘을 향해 뾰족하게 솟은 돌기둥이었다. 돌기둥 위로 보송보송한 나무들이 하늘에서 쏟아진 것처럼 자랐고 사이사이의 협곡에서도 무성하게 솟았다. 이곳에 혼돈이 숨는다면 우리 군대는 어쩔 수 없이 흩어져서 놈들을 상대해야 할 것이다.

이윽고 첫 번째 협곡이 눈앞에 나타났다. 갈라진 벽처럼 높게 뻗은 뾰족한 봉우리로 이루어진 지형이었다. 그런데 숲 마지막 부분에 생긴 혼돈의 통로 같은 곳에서 검은 연기 한 줄기가 피어올랐다.

"맙소사, 저거 사람이 피운 연기야?"

이치가 조종실 스피커에 연결된 마이크에 대고 말했다. 이치는 우리와 '잘 소통하기 위해서'라는 구실로 이걸 설치했지만, 사실은 때가 되면 카메라 드론을 통해 안록산의 자백을 방송으로 폭로하려는 목적이었다. 우리는 이치를 위해 조종석에 격자창을 내주었다. 일단은 환기용이었지만, 조종석에 앉아 있는 이치에게 무의식에 빠진 나와 세민의 몸 말고도 다른 볼거리를 주기 위해서이기도 했다.

세민과 내가 깜짝 놀라는 바람에 그만 주작의 발걸음이 비틀거렸다. 백호와 현무도 저 멀리서 속도를 늦추었지만, 연기에 가장 가까이 있는 크리살리스는 우리였다. 우리는 나무 사이로 재빨리 달려가 나무줄기를 지푸라기처럼 뭉개버리고 주작의 고개를 돌려 연기가 나는 쪽을 확대해 보았다.

혼돈이 지나는 통로 사이에는 털옷 차림으로 말을 탄 사람이 있었다. 그 사람은 한 손으로 고삐를 단단히 잡고 다른 손을 미친 듯이 흔들어댔다. 연기 신호는 말 뒤쪽 어딘가에서 나오고 있었다.

나는 놀라서 소리를 내질렀다. 그 외침은 주작의 부리로 커다랗게 분출되었다.

유목민이야! 진짜 유목민이라고!

물론 야생 구역에 유목민 부족이 존재한다는 걸 알긴 했지만, 만리 장성 너머에도 사람이 살고 있다는 증거를 두 눈으로 직접 본 건 처음이었다. 대체 왜 이 사람은 감히 혼돈의 둥지 가까이에서 헤매고 있는 걸까?

"아, 안녕하세요?"

우리가 통로 앞에서 커다란 그림자를 드리우며 천천히 멈추자 세민이 주작을 통해 말했다. 세민도 따지고 보면 유목민의 후손이지만 나만큼이나 놀란 목소리였다.

유목민은 알아들을 수 없는 말을 얼굴이 시뻘게질 만큼 필사적으로 외쳤다. 그리고 모피 안에서 낡은 양피지 두루마리를 꺼내고는, 양피지를 풀어 굵은 글씨를 보여주었다.

내가 그 글씨를 읽을 수 있다는 걸 깨닫자 정신이 요동쳤다. 그 글씨는 한자였다. 그렇다면 이 사람은 오랑캐가 아니라 우리 민족, 한족일 수도 있다는 뜻이다. 주 지방이 함락되었을 때 탈출하지 못했던 자들 말이다.

'황제를 고칠 수 있습니까?' 두루마리에 쓰인 글자였다.

우리가 질문을 퍼붓기도 전에 사마의가 먼저 말했다.

"솔직히 말하자면, 다른 크리살리스도 이런 사람들을 우연히 만난 적 있어. 그들이 쓰는 사투리를 이해하기가 어렵긴 했지만, 다들 진시황제를 말하는 것 같았지."

이제 나는 유목민의 입 모양을 읽을 수 있었다. 황제, 계속해서 황제라고 말하고 있었다.

"그렇다면 황제가 정말로 여기 있다고요? 화두를 치료할 날을 기다리며 냉동되어 있다는 건가요?"

"전투가 끝난 후에 조사해 봐야겠지. 하지만 화두 이야기가 나왔으니 말인데, 환풍구를 닫아. 그리고 너무 가까이 가지 말고! 저 사람에겐 우리의 백신이 안 듣는 병원균이 있을지도 모른다. 너희 중 누구라도 몸에 종기가 나면 즉시 항바이러스제를 주사해!"

"알겠습니다!"

이치가 말했다.

"그리고…… 이런, 제길! 어서 가! 혼돈의 모습을 방금 본 것 같다!"

우리는 다시 주작의 시야로 돌아가 주변을 확대했다. 다른 크리살리스들이 속도를 높여 협곡과 돌기둥 봉우리가 미로처럼 어우러진 산으로 들어갔다. 짓밟혀 죽어가는 나무들의 소리가 더욱 커졌다.

저 유목민과 함께 뒤에 남을 수 있다면 좋겠지만, 사마의의 말도 일리가 있었다. 우리의 적인 황제급 혼돈을 처치할 때까지 기다려야 했다. 혼돈이 주변에 널린 산들을 탐색할 수는 없으니.

"미안해요!"

나는 유목민에게 말한 다음 다시 주작을 움직였다. 그 바람에 땅이 울려서 유목민의 말이 깜짝 놀랐다. 그는 하마터면 낙마할 뻔했다.

유목민은 고삐를 잡은 채로 계속 소리를 질렀지만, 크리살리스가 일제히 움직이는 소란 가운데서 그 외침이 들릴 리 없었다.

우리 군대의 최강 크리살리스로 구성된 전방 돌격대가 모였다. 그들은 우리가 황제급 혼돈을 쓰러뜨릴 때 협력할 것이다. 그동안 다른 크리살리스는 반원형으로 대열을 좁혀가며 주변을 지원해서 작은 혼돈들이 우리를 괴롭히지 않도록 막을 계획이었다.

우리는 협곡으로 돌진했다. 백호와 현무가 뒤를 빠르게 따라왔다. 독고가라와 주원장에게 뒤를 맡기는 게 좀 불안했지만, 그들이 나와 세민에게 불만이 있더라도 인류를 위해서라면 사적인 감정을 내세우지 않을 것이라고 믿었다.

처음 나타난 두 봉우리 사이의 간격은 주작이 날개를 펴고 간신히 지나갈 수 있을 정도였다. 하지만 그다음 봉우리 사이는 너비가 크게 달라졌다. 돌기둥 같은 산봉우리는 우리 키의 두 배가 넘었다. 이제껏 이토록 높은 걸 본 적도 없을뿐더러, 우리는 이 상황이 무척 성가셨다. 다른 크리살리스 군대와 서로 조율하며 나아가야 하는데 시선이 분산되기 때문이었다. 일행들은 대부분 돌기둥 사이에 가려져 언뜻 보일 뿐이었다.

점점 불안해졌다. 크리살리스를 타고서 이렇게 작고 연약해진 느낌이 든 적은 없었는데. 인간의 몸이었을 때보다 더 지독한 불안감이 엄습했다. 나는 기 감각을 발휘해 직접 이곳을 훑어보기로 했다.

하지만 그건 옳지 않은 생각이었다.

그 순간, 거대한 기력이 차가운 급류처럼 나를 덮쳐 모든 것을 휩쓸었다. 시야가 까맣게 변하며 주작이 비틀거렸다. 세민은 급히 돌기둥에 날개를 뻗어 크리살리스를 지탱했다.

"미랑! 왜 그래?"

그는 음양의 영역에서 나를 바로 세웠다.

나는 숨을 헐떡이며 세민의 영혼체를 꽉 잡았다.

"당신들 괜찮아요?"

수은이 흐르듯 우아하게 뒤에서 다가온 현무에서 마수영의 목소리가 들렸다. 현무는 대공급 크리살리스인데도 반짝이는 등껍질까지의 높이가 주작의 반밖에 되지 않았다. 수형 종류는 크리살리스 중에서도 가장 작다. 마수영은 수기가 가장 세기 때문에, 현무의 눈은 말할 때도 크게 빛나는 법이 없다. 하지만 마수영의 기가 세력을 키우면 희미한 검은 아우라가 발산한다. 물이 새는 것처럼.

"아……, 여기에 분명 황제급 혼돈이 있어요."

나는 믿을 수 없다는 듯한 웃음을 주작의 부리로 뱉었다. 목이 졸린 듯 쉰 소리가 뒤섞였다. 그러자 사마의가 나를 나무랐다.

"측천! 기를 낭비하지 마!"

다시 앞으로 나아가며 나는 기 감각을 닫았다. 공기 중에 서린 차분한 안개 때문에 모든 게 거대한 환상처럼 느껴졌다.

마침내 혼돈이 보였다. 놈들은 돌기둥 사이로 자란 나무 사이에 어수선한 검은 물체처럼 서 있었다. 혼돈이 우릴 보고 달려들지 않다니! 뭔가 이상했다.

놈들이 지금처럼 가만히 있던 적은 없었는데. 우리를 봤으면 벌레처럼 몰려와야 하는데.

기묘한 일이었지만, 사마의의 재촉에 따라 우리는 주작의 날개를 펴고 그들에게 쿵쿵대며 다가갔다.

혼돈 떼는 그제야 우리를 피해 나무 아래로 급히 자리를 옮겼다.

그 모습이 우리를 더 긴장시켰다. 평소와 다른 상황에 전방 돌격대는 머뭇대며 나아가지 못했다.

한참 뒤에야 수석전략가 제갈량이 우리 모두의 스피커에 연결되었다. 그의 엄숙한 목소리가 크리살리스의 조종실마다 가득 울리며 협곡에 섬뜩한 메아리를 퍼뜨렸다. 전략가들은 혼돈의 이런 행동이 비정상적이지만, 우리의 힘을 빼기 위해 기를 소모하는 공격을 유도하려는 목적으로 본다고 했다. 그러니 우리가 속지 않는 한, 별일 없을 거라는 말이었다.

여전히 혼돈 떼를 따라가고 싶지는 않았지만, 다른 합리적인 선택지가 없었다. 혼돈들은 이제 화산 쪽으로 몰려가고 있었다.

그들을 뒤따라갈수록 안개가 짙어졌다. 봉우리 사이의 좁은 틈을 지나느라 우리는 끊임없이 주작의 거대한 몸을 기울이거나 날개를 접어야 했다. 드디어 돌기둥 지역에서 벗어나 익숙한 모습의 산에 도착했을 때야 혼돈을 따라잡았다. 해발고도가 높아지면서 봄 같았던 기온이 겨울 수준으로 뚝 떨어졌다. 나무들의 잎은 뾰족해지고 서리에 뒤덮였다. 짙은 안개까지 더해져 세상이 온통 거대한 하얀색에 삼켜진 것 같았다. 그때, 사마의가 황제급 혼돈의 등장을 알리며 멈추라고 소리쳤다. 잠시 후에야 나의 눈에 그 모습이 들어왔다.

처음에 난 그것이 산인 줄 알았다.

소름이 끼쳤다. 나는 음양의 영역에서 세민의 팔을 꽉 잡았다. 저렇게 거대한 생물체를 향해 다가가야 한다니. 압도된 나머지 말도 나오지 않았다. 내가 한낱 인간으로 저것을 마주했다면 어땠을까. 상상도 되지 않았다.

느릿느릿 날카롭게 삐걱거리는 소리를 내면서 그것은 우리를 향해 살금살금 다가왔다. 그것의 옆쪽에 난 유난히 기다란 다리 여섯 개가 보였다. 오로지 금형의 혼돈만이 가질 수 있는 날카로운 모습이었다. 계곡 안으로 들어오려고 산비탈을 지나자, 거대한 몸체가 움직일 때마다 차가운 안개가 밀물처럼 밀려들었다. 평민급 혼돈들은 마치 엄마 뒤에 숨은 아이들처럼 그것의 배 아래에서 종종걸음을 쳤다. 안개가 자욱한 골짜기 안으로 얼어붙은 검은 호수가 번뜩이듯 눈에 들어왔다.

그때 백호의 눈이 초록색으로 빛나더니 독고가라가 소리쳤다.

"가자—!"

그 순간, 안개 속에서 밀려온 거대한 압력이 우리를 죄어왔다.

무언가가 주작의 날개에 몸을 붙였다. 우리는 겁에 질려 몸을 버둥댔지만 제대로 움직일 수가 없었다. 결국 우리는 육중한 소리를 내며 산허리에 쓰러졌고, 서리가 눈사태처럼 우수수 일었다.

주위에서 고함이 터졌다. 다른 크리살리스도 같은 일을 당하고 있었다. 전략가들이 우리의 스피커에 온갖 질문을 외쳐대는 동안, 나는 미친 듯이 주위를 둘러보며 무슨 일이 벌어진 건지 알아내려고 안간힘을 썼다.

크리살리스마다 몸체에 하얀 무언가가 붙어 있었다. 마치 안개를 꼬아 끈으로 만든 것 같은 물질이었다.

세상에. 이럴 수가.

이건 안개가 아니었어.

기 금속이었어.

나는 너무 놀라 황제급 혼돈을 멍하니 바라보았다. 그것은 자신의 몸에서 기 금속을 아주 가느다랗게 뽑아 거미줄로 자아내는 능력이 있었다. 우리가 여기 오기 전부터 그 거미줄이 협곡을 가로질러 퍼져 있었던 것이다. 안개와 서리로 위장한 채로. 우리가 제아무리 몸부림을 쳐도, 거미줄은 그저 우리의 움직임에 따라 안개처럼 휘어질 뿐 떨쳐낼 수는 없었다.

사태를 파악한 전략가들이 우리에게 차분하게 행동하라고 명령했지만, 떨리는 목소리를 감추진 못했다. 혼돈에게 이런 능력까지 있을 줄은 모르고 있었던 게 틀림없었다.

황제급 혼돈은 거미처럼 생긴 다리를 놀려 뒤쪽으로 기어갔다. 그 움직임에 거미줄이 수축하면서 우리도 줄줄이 끌려갔다. 거미줄이 주작의 기 금속을 쪼개자 나는 처음으로 크리살리스의 고통을 느끼게 되었다. 그건 인간의 고통과는 다른, 신체적인 반응이라기보다는 정신적인 트라우마를 일으키는 종류의 고통이었다.

벅찬 감정이 물결처럼 나를 스쳤다. 비탄과 슬픔과 분노였다. 하지만 그 느낌은 너무 급작스럽고 뚜렷해서 오히려 부자연스러웠다. 사마의는 혼돈의 감정이 특정한 접촉을 통해서 조종사에게 배어들 수 있다고 경고했었다. 지금 바로 그 일이 일어나고 있었다.

너무나 괴로웠다. 다시는 이런 감정을 느끼지 않게 해달라고 신들에게 기도마저 올리려던 순간, 끔찍한 노랫소리가 내 머리를 베어내 듯 스쳤다.

"인간들……, 우주의 재앙……."

불협화음에서 비롯된 목소리가 내 두개골 속을 못으로 긁듯 울렸다.

"꺼져! 우리를 내버려 둬!"

먹먹한 침묵이 골짜기 안에 서렸다.

그러더니 새로운 비명이 합창처럼 공간을 메웠다. 거미줄에 걸린 크리살리스마다 입을 벌리고 기의 빛을 뿜어댔다. 나 역시 마찬가지였다. 강렬한 두려움이 나를 짓눌렀다. 빠져나갈 방법도 생각나지 않았다. 이 목소리가 뭔지 알 수조차 없었다. 지금껏 들어본 그 어떤 소리와도 달랐다.

전략가들은 이 소리를 들을 수 없었다. 때문에 그들은 우리가 왜 비명을 지르는지 전혀 몰랐다.

온 세상이 끝날 것만 같던 그때, 비명을 뚫고서 우레와 같은 굉음이 골짜기를 울렸다. 백호가 몸을 감았던 거미줄을 끊고서 일어난 것이다. 초록색과 검은색 빛이 매끈한 표면에서 터져 나왔다. 백호는 가슴에서 자신의 무기인 과를 꺼내며 영웅형으로 변신했다. 그리고 거미줄을 향해 그것을 휘둘렀다.

나는 정신을 차렸다. 왜 내가 아무 힘도 없는 것처럼 굴고 있지? 우리는 황제급 혼돈을 쓰러뜨리려고 여기 왔잖아. 불은 금속을 녹인다고.

내 신호에 맞추어 이치와 세민, 나는 기를 쏟아냈다. 변신의 긴장감이 서리더니 주작의 몸체가 폭발적인 기를 내뿜으며 영웅형으로 변했다. 음양의 영역에서 세민과 나는 나비로 산산이 부서졌다. 우리의 정신은 서로 섞여 소용돌이치며 하나가 되었다.

우리는 일어섰다. 발톱이 늘어나 다리가 되고, 날개에서 팔이 뻗어났다. 몸통은 아머를 입은 인간형으로 변하고 부리는 가면을 쓴 얼굴처럼 바뀌었다. 몸이 솟아오르며 황제급 혼돈만큼 커졌다. 우리를 묶은 거미줄이 풍선처럼 부풀어 올라 팽팽해지자, 황제급 혼돈은 거미줄을 안정시키기 위해 급히 더 많은 실을 뽑아내야만 했다. 그 모습은 마치 누에고치 같았다.

다른 크리살리스들도 마음을 가라앉히고 변신을 시작했다. 크리살리스들이 골짜기에서 온통 현란하게 빛나는 모습은 저 하늘의 별자리가 이곳에 떨어진 것만 같았다. 황제급 혼돈의 몸집이 급격히 줄어들었다. 놈은 자꾸만 뒤로 물러섰다.

"우리를 내버려 둬! 저리 가! 저리 가라고!"

목소리가 다시 으르렁거렸다.

우리는 멍하니 그것을 바라보았다. 지금…… 우리한테 말한 거야?

모두 예상치 못한 상황에 잠시 주춤거렸지만, 지금은 이기는 것 외에 다른 걸 생각할 겨를이 없었다. 우리는 고함을 지르며 주변의 거미줄을 잡고 손에 기를 쏟아 열을 가했다. 거미줄이 끊어지면서 스르르 사라졌다.

황제급 혼돈이 제아무리 기 금속의 통제권을 지니고 있다 해도, 이 금속 역시 그 몸의 일부다. 그러니 거미줄을 통해 고통이 전해졌을 것이다.

우리는 흉갑에서 긴 활을 꺼낸 다음 활에 기를 쏟아부었다. 융합된 우리의 기가 금빛이 도는 분홍색으로 밝게 빛나 시야가 아른거릴 정도였다. 그리고 목표물을 정확히 겨냥했다.

"죽어!"

그 목소리가 다시 비명을 질렀다.

황제급 혼돈은 거미 같은 다리로 한 번 크게 뛰어올랐다가 착지했다. 계곡에 지진이 난 듯한 충격이 일었다. 서리가 나무에서 우수수 떨어지면서 얼음 결정이 구름처럼 일었다. 우리는 균형을 잃고 비틀거렸다.

황제급 혼돈 뒤로 검은 호수가 움직였다. 처음에는 시야가 흔들려서 잘못 본 줄 알았다. 하지만 얼어붙은 물이 골짜기 가득 밀려와 황제급 혼돈과 우리를 감싸자, 몸을 에는 냉기가 함께 들이쳤다.

우리 뒤쪽의 물이 점점 불어나기 시작했다. 먹물처럼 반짝이는 검은 물이 점점 높이, 더 높이 일어나 마치……

그 순간 세민이 스피커로 소리쳤다.

"제길! 저것도 혼돈이야! 황제급 혼돈이 또 있다고!"

충격으로 정신이 부들부들 떨려서 조각날 정도였다. 어떻게 이런 게 가능하지? 수형 혼돈이 쉽게 모양을 바꿀 수 있는 건 사실이다. 하지만 이렇게 극단적인 수준이라고?

황제급 혼돈의 능력은 우리의 이해력을 넘어서고 있었다. 게다가

불은 물에 약하다.

사마의가 비명을 질렀다.

"금형 혼돈을 죽여! 빨리! 빨리! 빨리!"

가장 먼저 든 생각은 도망쳐야 한다는 것이었다.

주작의 날개가 펼쳐지며 깨지는 듯한 소리가 골짜기에 퍼졌다. 우리는 공중으로 폭발하듯 날았다. 거미줄이 우리를 파고들자 고통에 눈앞이 아찔했지만, 온몸으로 기를 뿜어내자 안개가 쇳소리를 내며 사라졌다. 거미줄은 열기를 피해 다른 곳으로 뻗어나갔지만, 우리가 기를 거두는 순간 다시 붙잡으려는 듯 근처를 맴돌았다. 지금 우리는 몸을 덥히자고 불을 지른 거나 마찬가지인 상태였다. 이런 상태로 오래 버틸 수는 없었다.

우리가 하고 싶었던 일, 이루고 싶었던 일, 바꾸고 싶었던 그 모든 일들이 우리의 머릿속을 스쳐갔다. 상황이 어쩌다 이렇게 꼬여버린 거지? 여기까진 쉽게 처리해야 하는 부분이었는데!

제갈량이 쉰 목소리로 소리쳤다.

"주작, 뭐 하는 건가? 어떻게든 해보라고! 제발!"

"우리는 재충전을 해야 해요!"

이 말을 뱉고 우리는 골짜기를 살피며 화산을 찾았다.

동료들은 여전히 움직이는 수형 황제급 혼돈 주위에 모여 있었다. 그들은 금형 황제급 혼돈의 거미줄에 걸린 채 필사적으로 기를 뿜어대고 찌르고 때리기를 계속했다.

우리가 재충전을 위해 여기서 날아가 버린다면 저들 모두가 위험해진다. 이들은 주 지방을 가로질러 여기까지 오느라 이미 기를 비정상적으로 소모해 버린 상태였다. 이런 상황이라면 불균형한 기의 압박을 견디며 싸워야 하는 첩 조종사들이 특히 위험했다.

마음이 분명한 깨달음에 이르렀다. 가장 무서운 적은 언제나 그랬 듯 따로 있었다. 바로 우리 세계를 빼앗은 외계의 침략자들 말이다. 이 앞에서 모든 인간은 동료다. 친구인 인간도, 적인 인간도, 모두가 죽는다면 무슨 의미가 있겠는가.

우리에겐 무언가를 준비해서 돌아올 여유가 없었다. 그 즉시 주작 이 혜성처럼 몸을 날렸다.

우리는 금형 황제급 혼돈에게 온몸을 던져 내려앉았다. 갑작스러 운 행동을 예상하지 못했던 혼돈이 배를 깔고 주저앉았다. 그 충격 에 골짜기가 다시금 흔들렸다.

"이 상황이 끝나면 크리살리스들에게 우리를 화산으로 데려가라 고 해줘요!"

우리는 전략가들에게 고함을 지른 다음 황제급 혼돈의 핵이 느껴 지는 곳을 손으로 눌렀다. 그리고 기를 쏟아부었다. 혼돈은 모든 기 를 모아 우리를 위로 밀어내려 했지만, 우리는 맹렬히 날개를 퍼덕 이며 기를 흘려 보냈다.

"죽어! 죽어! 죽어!"

우리의 머릿속으로 비명이 흘렀다.

황제급 혼돈의 몸에서 천 자루의 칼이 솟아 나와 우리를 찌르는 느낌이었다. 하지만 우리는 고통을 견딜 준비가 되어 있었다. 이 정도도 예상하지 못하고 금형 혼돈과 난투극을 벌이는 자는 없을 것이다.

우리는 죽어가는 별처럼 온몸에서 기를 번뜩였다. 우리의 기 금속은 안에서 바깥으로 녹아내렸고, 모든 입자가 기로 미끌미끌해지며 흐물거리는 형태가 되어 꿰뚫리는 가운데서도 응집력을 유지했다. 목에서는 전투의 함성이 우렁차게 솟았다. 서리와 안개가 증발해 걷히면서 부서진 나무들의 잔해가 드러났다. 우리가 내뿜는 극심한 열기를 받은 나무들에 불이 붙었다. 우리는 신체를 보호하기 위해 조종실을 철로 단단하게 둘러쌌다.

황제급 혼돈은 우리의 맹공을 받으며 몸부림쳤다. 혼돈의 다리가 산허리로 뻗어가면서, 우리가 잡았던 부분이 미끄러지는 순간……

검은 형체가 우리 주변에서 번뜩였다.

처음에는 수형 황제급 혼돈인 줄 알았다. 하지만 그것은 영웅형으로 변신한 현무였다. 영웅형 현무는 마치 검고 날렵한 투구를 쓰고 우락부락한 아머를 입은 근육질의 전사 같았다. 팔에 달린 거북이 등껍질 모양의 방패에는 노란 토기 무늬가 테두리에 둘러져 있었다. 현무는 불타는 산허리를 어슬렁거리며 다가와 육중하고 묵직한 팔로 금형 황제급 혼돈의 거미 다리 두 짝을 감아 꼼짝 못 하게 만들었다.

우리는 현무의 도움을 받아 기를 한계까지 밀어붙였다. 이토록 심하게 기를 소모하다가는 자동적으로 크리살리스와의 연결이 끊어질 수도 있었지만, 지금은 그걸 걱정할 때가 아니었다.

복수를 위해.

자유를 위해.

인류를 위해.

황제급 혼돈의 핵이 폭발했다. 폭풍설이 몰아치듯 하얀 불꽃이 어마어마한 힘으로 우리를 날려버렸다. 주작은 바닥과 부딪치는 순간 표준형으로 돌아갔다.

현무가 우리를 잡고 일으켰다. 우리는 주작과의 연결을 유지하기 위해 애쓰고 있었다. 이들이 우리를 화산으로 데려갈 때까지는 긴장을 늦출 수 없었다.

부리를 열었지만 살을 에는 추위가 밀려들었다. 현무의 기 금속이 진흙처럼 주위를 꾸물꾸물 맴돌았다.

"저기……."

하지만 우리의 말은 거기에서 끝나고 말았다.

현무가 주작의 날개를 거칠게 뜯어냈다.

제41장

그가 사는 이유

우리의 정신이 부서졌다. 음양의 영역으로 내던져진 우리는 비명을 지르고 비틀거리며 어깨를 움켜잡았다.

본능이 소리쳤다. 어서 연결을 끊고 영혼을 불태우는 고통에서 벗어나라고. 하지만 그럴 수 없었다. 그랬다간 우리 둘 다 죽게 될 게 뻔했다. 끔찍한 충격과 분노 속에서도 나는 주작의 머리를 더듬어대는 현무의 차갑고 미끌미끌한 손길을 느낄 수 있었다.

저항을 멈춘다면, 현무는 조종실을 단번에 으스러뜨리겠지.

우리는 주작의 긴 목을 돌리고 남은 날개를 마구 휘두르며 발길질을 했다. 현무를 떼어내기 위해서라면 뭐든 해야 했다. 하지만 현무는 주작에게 착 달라붙어 온몸을 마비시키는 냉기를 주입했다. 이미 기진맥진한 우리의 기가 느려지면서 주작의 기 금속이 약해졌다. 화형 기 금속은 애초에 부러지기 쉬운 특징이 있다. 주작이 움직일 때마다 부서지기 직전의 녹슨 금속이 위험하게 갈리며 삐걱대는 소리가 났다.

"마수영! 주원장을 멈춰줘요!"

나는 애원하려 했다. 이건 주원장의 짓이 틀림없었다. 하지만 고통이 너무나 심해서 눈이 멀 듯 빛나는 불꽃 속으로 정신이 자꾸만 가라앉았다. 외마디 비명조차 지르기 힘들었다.

"잠깐!"

순간, 주작의 희미한 시야 안으로 백호가 나타났다. 손에 과를 든 백호는 활활 불타는 계곡을 뚫고 우리에게 쏜살같이 달려왔다. 너울대는 연기와 안개 사이로 매끈하고 하얀 영웅형 백호가 이지러져 보였다.

나는 안도의 소리를 지르며 손을 뻗었지만—.

수형 황제급 혼돈의 검은 촉수가 백호의 다리를 확 잡았다. 넘어진 백호가 땅에 부딪히자 불타는 숲에 충격파가 퍼졌다. 부서진 숲 사이로 발톱을 긁어대면서, 백호는 다시 혼란스러운 전쟁터로 끌려갔다.

희망은 순식간에 먼지가 되었다.

너무나 많은 일이 한꺼번에 일어나고 있었다.

이제 우리를 구해줄 이는 없을 것이다.

음양의 영역에서 나와 함께 쓰러진 세민이 나를 품에 꼭 안았다.

그는 갈라진 목소리로 내 귓가에 말했다.

"미랑, 이치를 잡아."

"뭐—?"

세민은 주작을 완전히 장악했다.

감각이 만 갈래로 흩어지며 회전했다. 온갖 색깔이 빙빙 돌았다.

울부짖는 소리가 들렸다. 바람이 휘몰아쳤다.

허우적대는 팔이 먼저 눈에 들어왔다. 인간의 팔이었다.

나는 조종실에서 방출되었다.

제42장

한쪽 날개와
한쪽 눈

흐릿해진 정신 속으로 뒤틀린 비명과 펄럭이는 예복 자락이 비집고 들어왔다. 창백하고 흐릿한 이치의 모습이 내 옆에서 수직으로 떨어지고 있었다.

나의 비명이 굵어지며 울부짖음으로 변했다. 서둘러 날개를 펼쳐 우리를 아래로 밀어대는 대기와 중력을 박차고 올랐다. 동시에 이치를 향해 바람 사이로 손을 뻗었다. 내 손가락이 펄럭이는 이치의 소매를 할퀴다 간신히 그의 팔꿈치를 낚아채자마자 나는 그를 확 잡아당겼다. 우리의 몸이 충돌했고 그 충격으로 저 아래에서 솟아오르는 연기와 불꽃을 향해 데굴데굴 구르며 떨어졌다. 나선형으로 맴돌며 추락하는 동안 폐가 납작해지는 것만 같았다. 나는 거세게 날개를 퍼덕여 우리의 움직임을 제어했다.

밀고 잡아당기던 끝에 추락의 속도가 느려졌다. 나는 날갯짓에 맞추어 둥둥 뜬 채로 위로 방향을 잡았다. 불바다가 되어 사방에서 피어오르는 열기가 마치 용광로처럼 우리를 덮쳤다. 나의 온몸이 땀에 흠뻑 젖었다. 가득 찬 연기 때문에 눈이 따갑고 숨이 막혔다. 내 품에 안긴 이치가 기침을 해댔다. 나는 이치를 꼭 끌어안고서 연기를 피해 날았다.

세민은 어디 있지? 분명히 같이 나왔겠지? 그랬을 거야.

거기에 뭐 하러 남아 있겠어?

세민을 찾아보려 했지만, 어지러운 광경에 차마 눈을 뜨기가 힘들었다. 내 몸의 몇 배나 되는 크기의 나무들이 불타며 흔들리고 있었다. 한때는 지푸라기처럼 보잘것없게만 보이던 것들이었다. 뒤편에서 들불이 이글거렸다. 소용돌이치는 노란색과 주황색 불길에 나무들은 그저 타오르는 하나의 선처럼 보였다. 우리가 이 지경이 된 건 다 너 때문이라며, 훌쩍 큰 괴물들이 나를 비난하는 것만 같았다. 태울 듯이 뜨거운 바람과 얼어붙을 듯 차가운 바람이 부딪쳐 대기를 일그러뜨리는 듯했다.

다 현무 때문이었다.

고개를 들어 현무를 처음으로 똑똑히 바라본 순간, 두려움에 온몸이 굳었다. 커다란 영웅형으로 변신한 현무는 하늘의 절반을 가릴 정도로 거대한, 그야말로 살아 있는 산처럼 움직였다. 현무의 윤곽을 따라 산란하는 햇빛이 역광을 이루었다. 주작은 현무의 거대한 팔 안에 움츠려 있었다.

현무의 눈은 충격 그 자체였다. 한쪽은 주원장의 토기로 노랗게 빛 났고, 다른 한쪽은 마수영의 수기로 검게 빛나는 눈. 마수영은 지금 자신이 무슨 짓을 하는지 정확히 알고 있었다.

난 그만 아머의 날개를 움직여야 한다는 사실조차 잊고 말았다. 이 치와 나는 고꾸라지며 다시 추락했다. 우리의 목에서 공포의 비명이 흘렀다.

현무의 팔이 우리의 옆을 아슬아슬하게 스치고 지나갔다. 그 실수 덕에 우리는 간신히 목숨을 부지했다. 거센 냉기가 우리의 몸을 산 허리 쪽으로 날리면서 그곳에서 피어오르는 연기가 휘어졌다. 나는 간신히 몸을 가누어 화염을 피했다.

하지만 그때 차라리 타 죽는 게 나았을지도 모르겠다. 연기에 눈이 따가웠다. 이 모든 상황이 전혀 이해되지 않았다. 왜 마수영이 날 죽 이려 하지? 우리가 그녀에게 무슨 짓을 했다고?

나는 온 힘을 다해 현무를 피했지만, 기를 모두 소진한 바람에 심 장이 점점 느리게 뛰고 있었다.

다시 공격이 들어왔다. 충격보다 앞서 요동치는 공기가 느껴졌다. 아머의 날개를 세차게 펄럭였는지, 눈앞에 까만 점들이 가득하더니 코피가 났다. 뭘 해도 역부족이었다. 우리는 피할 수 없었다.

우리는 너무나 작았다. 이제 현무는 우리를 산비탈에 처박아 으깨 버릴 것이다—.

순간, 낮게 으르렁대는 소리가 골짜기에 울려 퍼졌다. 녹슨 기계가 삐걱대는 것처럼 주작이 남은 한쪽 날개를 퍼덕이며 현무에게 발톱을 찍어 갈기갈기 찢으며 뒤쪽으로 끌고 갔다. 주작의 눈 한쪽이 다시금 붉게 빛나고 있었다.

세민이 아직도 저 안에 있어.

혼자서 주작을 조종하고 있다고.

이건 있을 수 없는 일이다. 혼자서 어떻게 크리살리스를 조종한다는 거야! 혼자서는 기 아머를 온몸에 덮는 것도 힘겹잖아!

"아!"

이치가 손목 계기판을 보며 숨을 헐떡였다.

세민의 정보가 계기판에서 빛나고 있었다. 신분증 사진과 함께 세민의 신체 측정치가 실시간으로 전송되는 중이었다. 빨갛게 깜빡이는 숫자는 그의 심장 박동이었다. 그 숫자가 흔들리는 나의 시야를 찌를 듯 다가왔다.

380.

무시무시한 공포가 메아리쳤다.

"세민이를 도와야 해!"

이치가 울부짖었다.

어떻게? 대체 어떻게?

심장이 어떻게 이토록 빠르게 뛸 수 있단 말인가. 이게 정말 사람의 심장이 감당할 수 있는 수준인가.

세민은 죽을 것이다. 그가 죽으면, 나는 영원히 망가진 채로…….

안 돼! 안 돼, 안 된다고!

손바닥에 광선포를 모아봤지만, 너무나 하잘것없었다.

대신 나는 이를 갈면서 날갯짓에 기를 태워 저 골짜기 아래의 전쟁터로 날아갔다. 주작과 현무가 긁히고 부딪치며 내는 금속성 소리를 들으면서 내 눈에서는 부질없는 눈물이 흩날렸다. 세민이 지금 상태로 크리살리스를 계속 조종한다는 게 무슨 뜻인지 생각하면 가슴이 죄어들어 터질 것만 같았다.

대체 뭘 불사르고 있는 거야? 자신의 원초적 기? 그건 한 번 소모하면 다시는 재충전할 수 없었다. 신장을 빼앗기는 바람에 벌써 반이 사라졌단 말이다.

낭떠러지 끝을 내려다보듯, 공포가 마음속을 어지럽혔다.

견뎌줘. 나는 어딘가 존재할 운명의 힘에게 애걸했다.

우리는 전쟁터 한가운데에 도착했다. 산불은 벌써 이곳까지 퍼졌고, 귀족급 혼돈들도 떼로 와 있었다. 고개를 돌리는 곳마다 거대한 형체가 부딪치며 매캐한 공기를 뒤흔들었다. 이치와 나의 존재는 불꽃이 튀는 아수라장을 날아다니는 아주 작은 반점이었다.

이윽고 나는 다리에 감은 수기의 검은 촉수를 과로 내리치는 백호를 발견했다.

"도와줘요! 우리를 살려줘! 제발!"

나는 백호의 머리로 돌진해 손을 마구 내리쳤다.

백호가 고개를 홱 돌렸다. 나는 얼른 반대편으로 날아 모습을 보여주었다. 백호는 저 멀리서 싸우는 주작과 현무를 배경으로 나를 바라보았다.

"아니, 이게…… 너희는 어떻게……?"

독고가라와 양견의 목소리가 합쳐진 목소리였다. 백호의 초록색과 검은색 눈동자가 보였다. 나는 흐느끼며 말했다.

"이세민 혼자서 조종하고 있어요!"

"뭐? 그건 불가능한……."

"저도 불가능하다는 건 알아요! 하지만 사실이에요. 제발 도와주세요!"

"우리는…… 알았어. 어서 타!"

나와 이치 아래로 조잡하게 조각된 구멍이 열렸다. 우리는 안으로 굴러 들어갔다.

우리가 단단한 바닥에 떨어지는 순간, 기 금속 손잡이가 우리의 손 아래로 튀어나왔다. 우리는 손잡이를 붙잡고 몸을 지탱했다. 몇 초 후 어둠에 눈이 적응하자 앞이 보였다.

독고가라와 양견의 몸은 조종석에 누워 있었다. 얼굴과 아머가 각각 그들의 목기와 수기로 빛났다. 양견은 독고가라의 조종석 팔걸이를 쥐는 대신 그녀의 몸을 감쌌고, 독고가라는 그의 손을 잡아 자신의 가슴에 댔다. 그 모습에서 둘 사이의 굳센 애정이 엿보였다. 백호의 입을 통해 소리치며 전략가들에게 어서 대답하라고 다그치는 둘의 목소리는 더욱 흉포하게 느껴졌다.

"백호, 제발 전투에 집중하길 바란다."

1분 전 우리에게 애원했던 목소리에 비하면, 지금 수석전략가 제갈량의 목소리는 너무나도 침착했다.

"장난해요? 현무가 주작을 죽이고 있는 걸 모른 척하라고요?"

"전투에 집중하라고! 그 밖의 일은 너희가 지금 상관할 바가 아니야!"

사마의가 끼어들었다. 내 얼굴에서 핏기가 가셨다.

사마의는 자기 입으로 말했었다. '난 너희 둘을 포기하지 않아!'. 하지만 미처 듣지 못한 뒷부분이 있었던 것이다. '너희가 쓸모 없어지기 전까지는.'

전략가들은 우리를 주 지방에서 죽게 할 작정이었다.

"개수작 부리지 마!"

백호의 목소리가 조종실에서 쩌렁쩌렁 울렸다.

모든 것이 흔들린다. 이치와 나는 손잡이를 꽉 잡아야 했다.

백호는 다른 크리살리스들에게 엄호를 요청했다. 그리고 마침내 자유롭게 달리기 시작했다. 마구 뛰는 심장을 느끼며, 나는 이치의 손목 기기를 확인했다.

바로 그 순간, 세민의 심박수가 급격히 떨어졌다.

372.

268.

비명을 멈출 수가 없었다.

92.

43.

0.

제43장

제로

0.

그 숫자가 나를 노려보았다. 차갑고 무자비한 눈길이었다.

0.

0.

0.

더 많은 고함이 흔들리는 조종실 안에 울려 퍼졌다. 하지만 나는 알아들을 수 없었다. 그 어떤 것도 이해할 수가 없었다.

이치 역시 아무런 움직임 없이 숫자를 응시했다.

무언가 거대한 것이 앞으로 쓰러지면서 그 충격에 바닥이 뒤흔들렸다. 멍했던 정신이 되돌아왔다.

"백호! 창문을 만들어줘!"

나는 조종실 벽을 마구 긁으며 소리쳤다. 목소리가 천 갈래 만 갈래로 갈라졌다. 아니야, 어쩌면 그 소리는 다른 크리살리스가 쓰러지는 소리였을지도 몰라. 혼돈이 쓰러지는 소리였을지도 몰라. 내 귀가 잘못되었을지도 몰라. 그럴 리가 없잖아……!

발톱으로 할퀸 것처럼 내 앞 벽에 몇 갈래의 틈이 생겼다. 가느다란 연기 줄기가 틈새로 들어왔다. 나는 연기를 마시며 기침했다.

그러나 잠시 뒤, 그 공기조차 가슴속에서 굳고 말았다.

먼지와 연기구름이 뭉게뭉게 솟아오르는 가운데 주작이 쓰러져 있었다. 온몸의 빛을 잃어버린 채로. 현무는 주작에게 다가가 한 손으로 목을 그러쥐고 다른 손으로는 주작의 머리를 강타했다. 손바닥 아래로 얼어붙은 기 금속이 붉은 유리처럼 부서졌다.

백호는 목 졸린 신음을 외치며 우뚝 멈춰 섰다.

"백호! 이제 더는 의미가 없다! 어서 전투에 집중하라!"

완전히 멈춰버린 내 머릿속에 제갈량의 목소리가 떠다녔다.

의미가 없다. 의미가 없다. 의미가 없다.

의미가 없다니.

사마의가 진행한 첫 수업에서 그는 지구상에서 가장 기가 농축된 존재는 바로 인간이라고 알려주었다. 그래서 아주 작은 몸집으로도 크리살리스를 조종할 수 있는 거라고 했다.

마침내 나는 사마의의 말뜻을 이해했다. 나의 이 육체는 내게 흘러들어오는 커다란 감정을 감당할 만큼 충분히 크지 않았다. 어째서 이런 분노를 느끼는데도, 하늘을 찢고 대지를 불태울 수 없단 말이야?

나는 창살을 움켜쥐고서 걷잡을 수 없이 떨었다. 아머로 하얀빛이 희미하게 흘러들어 왔지만, 기 금속을 조금도 움직일 수가 없었다.

"그래서 뭘 이뤘어? 그 애들 목숨을 짓밟고 살아남아 이뤄야 했던 게 대체 뭐냐고!"

내가 그에게 했던 말이 다시 돌아와 날 때려눕히고 산 채로 갈기갈기 찢어놓았다.

마음속에서 폭풍이 몰아쳤지만, 내 목에서는 너무나 작고 가냘픈 소리만이 흘러나왔다. 몇 주, 몇 달, 아니 몇 년을 굶은 것처럼 가슴이 무너지고 어깨가 움츠러들었다. 고통이 갈비뼈 아래로 퍼지며 호흡할 때마다 날카롭게 가슴을 찔렀다. 숨을 쉴 수가 없었다. 떨림을 멈출 수가 없었다. 바깥에서 뒤죽박죽 섞인 뜨겁고도 차가운 공기가 번뜩이며 내 안팎을 순환했다. 혼란스럽고 어울리지 않는 공기였다. 시큼한 위액이 목구멍까지 치밀어 혀에서 아린 맛이 났다.

내가 왜 그런 말을 했지?

왜 난 세민을 먼저 내보내지 않았지?

"측천아……."

이치가 내 팔을 잡으며 불렀다. 하지만 그 목소리는 그저 저 멀리서, 아득하게 들려오는 것만 같았다. 이치의 얼굴도 죽은 듯이 창백했다. 아랫입술은 사정없이 떨리고 있었다.

"나 때문이야. 내가 세민이에게 죄책감을 줘서―."

나는 얼굴에서 떨리는 손가락을 떼어냈다.

아니야.

세민이는 내가 이렇게 느끼기를 바라지 않았을 거야.

내가 이런 생각을 하는 것을, 세민이는 절대로 바라지 않았을 거라고.

백호는 다시 전쟁터로 돌격했다. 그는 좌절감 어린 욕설을 내뱉었지만, 몇 초 후에야 내 머릿속으로 들어온 그 욕설은 벌써 먼 기억이 되어버렸다.

생각이 빠르게 진행됐다. 아주 잠깐, 독고가라를 조종석에서 뜯어버리고 양견의 기를 다 빨아서 백호를 차지하면 어떨까 생각했다. 하지만 백호는 수형 황제급 혼돈과 현무 둘 다에 맞서 싸울 만큼 강하지 못했다. 이 군대에 남은 크리살리스 중 그만큼 강한 것은 아무것도 없었다. 그렇다면 방법이 전혀 없는—.

그때였다. 한 가지 가능성이 짜릿하게 나를 훑고 지나갔다.

나는 손으로 전도성 슈트 주머니를 더듬었다. 군대가 우리 모두에게 가지고 다니라고 준 응급 화두 항생제 키트가 손에 느껴졌다.

떠오른 생각을 입 밖으로 내지는 않았다. 전략가들이 나의 다음 행동을 눈치채선 안 되기 때문이었다. 하지만 이치는 나의 움직임을 보고 그 의도를 짐작한 듯 눈을 휘둥그레 떴다.

황제를 치료하자.

전설이 사실이라면, 그래서 황제 진정이 어마어마한 수기의 냉기로 스스로를 얼렸다면, 그가 어디에 있든 황룡은 존재한다는 뜻이다.

그 크리살리스야말로 분명히 강력하겠지.

제44장

황릉

백호에게서 얻은 기를 나의 아머에 조금 넣고서, 나는 무자비한 불길 사이로 숨어들어 홀로 날았다. 마음 저편에서 쫓아오는 슬픔, 모든 걸 갉아먹고 소모하는 슬픔에서 애써 달아났다. 속도를 조금이라도 늦추거나 망설인다면 그 순간 슬픔이 나를 덮쳐 산산조각 내버릴 것 같았다.

또 다른 유목민을 찾기란 어렵지 않았다. 그들은 오늘 같은 날을 200년 동안 기다려왔다. 그러니 우리의 관심을 끌기 위해서라면 뭐든 했다. 봉우리 너머가 보일 만큼 높이 날자, 신호로 피워놓은 연기 기둥이 보였다.

그들 모두가 진시황제에 대해 전할 말이 있다면 어느 신호를 찾든지 상관없을 것이다. 나는 가장 가까운 유목민 쪽으로 다가가 혼돈의 통로로 날개를 치며 들어갔다. 유목민은 여자였다. 그녀는 담황색 말을 탄 노인으로, 머리 뒤로 은발을 땋아 늘어뜨린 모습이었다. 그녀의 눈빛에는 부드럽고 순종적인 기색이나 비굴함이 없었다. 그 모습이 어찌나 인상적이던지, 순간적으로 경외심이 일었다.

나는 거칠게 숨을 쉬면서 그녀에게 주사기와 항바이러스제 키트를 보여주었다. 노인은 기뻐서 비명을 지르다 말에서 거의 뛰어내릴 뻔했다.

서로의 언어를 잘 알아듣진 못해도, 나의 긴박한 마음은 어조에 짙게 드러났으리라. 노인은 나에게 따라오라고 손짓하고는 말을 타고 숲속으로 들어갔다. 다행히 나무들은 인간의 관점에서 보자면 아주 널찍하게 떨어져 있었다. 나는 나무 사이를 날아 이동했다.

얼마 지나지 않아 우리는 나뭇잎과 진흙 아래 숨겨진 트랩 도어에 도착했다. 노인이 힘들여 문을 열자, 그 아래는 미로 같은 어두운 지하 터널로 이어졌다. 날개를 펼칠 만큼 넓지 않아서, 나는 노인과 함께 말에 올라탔다. 그리고 말이 내 몸에 짓눌리지 않도록 날개를 퍼덕여 최대한 몸을 띄웠다. 바람 소리와 함께 휘날리는 횃불에 불을 붙이며 노인은 말을 타고 터널을 지났다. 그리고 1분마다 손을 입 앞에 모으고 신호를 보냈다.

이윽고 그림자 속에서 또 다른 횃불의 반짝이는 불꽃이 보였다. 말발굽이 질주하는 소리가 들렸다. 또 다른 유목민이 우리에게 다가와 이해할 수 없는 저들의 언어로 열띠게 말했다. 휘둥그레 뜬 눈망울에 불꽃이 너울거렸다.

터널은 점점 아래를 향해 내려갔고, 공기는 계속해서 차가워졌다. 나는 유목민의 단단한 허리를 붙잡고, 그녀의 모피에 몸을 꼭 대어 온기를 얻었다. 이 노인과 나의 할머니가 같은 민족의 후손일까. 이들의 신념과 문화가 이토록 극적으로 다를 수 있다는 점이 너무나도 놀랍다. 솔직히 화하에서 태어난 것이 다들 말하는 것처럼 운 좋은 일은 아닐지도 모른다고 생각한 적이 한두 번이 아니었다. 만약 내가 주 지방에 버려진 사람들 사이에서 태어났다면, 지금 보는 놀라운 여인이 나를 길러주었을지도 모른다. 전족을 하지 않은 여자가 날 길렀다면 어땠을까? 나는 얼마나 다른 인간이 되었을까?

공기가 얼어붙고 입을 열면 혀가 반 토막이 날 것 같다는 생각이 들 때쯤, 마침내 우리는 동굴 속 넓은 방에 도착했다.

그곳에는 다소 위협적으로 보이는 점토 인형들이 우리를 마주 보며 열 지어 보초를 서고 있었다. 인형들의 생김새는 부유한 권력자들의 무덤에 넣는 수호상처럼 보였지만 크기가 사람만 했다. 이토록 커다란 실물 크기의 인형은 성현들의 무덤에서도 찾아볼 수 없었다. 점토로 만든 얼굴은 으스스할 만큼 사실적이었다. 먼지투성이 털옷이 인형의 몸을 덮고 있었다.

대체 이 인형들을 어떻게 만든 걸까. 생각해 보려던 그때, 뒤로 보이는 어슴푸레한 빛에 눈길이 끌렸다.

벽 전체가 황금색이었다.

설마…… 황룡의 일부일까?

치아가 딱딱 부딪치고 과호흡이 오는 것 같았다. 전설이 진짜일 가능성이 커졌기 때문이다. 그렇다면 우리 발아래에 황룡의 나머지 몸체가 있다고? 나는 지하 깊숙이 똬리를 튼 황룡을 상상해 보았다. 언제라도 이곳에서 몸을 떨치고 나올 준비가 된 황룡을.

제발. 그게 사실이길.

유목민들이 말에서 내렸다. 그들은 예를 갖추어 허리를 굽히고 고개를 조아린 채 종종걸음으로 열 맞춰 늘어선 점토 인형들 사이를 지나갔다. 두려움과 놀라움이 겹쳐 다리가 천근만근 무거워졌지만, 난 그들의 몸짓을 따라 했다.

가까이 다가가자 이마처럼 살짝 볼록하게 굴곡이 진 벽 앞에 두꺼운 모직 천이 걸려 있었다. 은발의 노인은 가운데에 난 틈을 따라 천을 갈랐다.

그러자 훨씬 찬 공기가 반대편에서 휙 새어 나왔다.

나는 놀라서 눈을 깜빡이다가, 다시금 어마어마한 충격을 받았다.

천 안쪽에 있는 넓은 방은 완전히 황금색 방이었다. 희미하게 반짝이는 안쪽 벽에는 그림자가 조금 져 있었다. 그리고…… 방의 한가운데에 이중 의자 장치가 보였다. 설마 내가 미친 건 아니겠지?

그것은 조종실이었다. 황룡의 조종실.

양의 조종석에 소년이 앉아 있었다. 수백 개의 자그마한 정사각형을 이어 만든 듯한 순금 아머 차림으로. 그의 왕관은 위쪽이 네모꼴로 평평하고 앞면에는 구슬을 촘촘히 늘어뜨려 얼굴을 반쯤 가린 모양이었다. 왕관 옆으로는 금빛으로 빛나는 나뭇가지처럼 돋아난 형태의 용 뿔이 달려 있었다.

소년의 조종석 앞은 빈자리였다.

나는 몇 초간 멍하니 그 광경을 빤히 쳐다보기만 했다.

유목민들은 방으로 들어가기 전에 바닥에 무릎을 꿇고 절을 하는 등 경건한 모습을 보였다. 나는 비틀비틀 그 뒤를 따라갔다. 도무지 믿을 수 없어서 가슴이 마구 쿵쾅댔다. 나는 저것의 정체를 파악하기 위해 기 감각을 펼쳤다. 아니, 저것이 아니라 저 사람이라고 해야겠지. 어쨌든 황제급이 될 만큼 강력한 존재인지 확인할 필요가 있었다.

진정은 정말 있었어. 진짜 황제가 존재했다고.

게다가 그는 아직 살아 있었다. 경맥에 흐르는 검은 수기가 시체처럼 창백한 피부에 퍼진 모습이었다.

화두도 마찬가지였다. 꽃무늬를 닮은 감염 자국이 경맥 사이 피부에 숭숭 뚫려 있었다.

나는 양광과 나누었던 대화를 떠올렸다. 진시황제가 축융봉 아래에 흐르는 용암에서 기를 끌어내 자신을 얼렸다고 했지. 그렇다면 이 부분이 황룡의 반대편일까?

그때, 누군가 내 어깨에 손을 얹어 소스라치게 놀라고 말았다. 은발의 노인은 내가 항바이러스제 키트를 넣어둔 곳을 가리켰다. 나는 그 손짓을 알아듣고 키트를 꺼내어 안에 든 약병을 주사기에 꽂았다.

그 모습을 본 유목민들은 알 수 없는 주문을 외우기 시작했다. 그들은 진정을 반원형으로 둘러싸고 선 다음, 나를 그쪽으로 끌고 갔다. 그중 한 명이 자그마한 횃불을 흔들면서 무언가 소리쳤다. 그녀는 자신이 든 횃불을 다른 사람이 들고 있는 더 큰 횃불에 가져다 댔다. 그러더니 점점 크게 소리를 지르며 입속으로 불을 넣었다.

놀랍게도 횃불은 쉽사리 꺼졌다. 그녀는 꺼진 횃불을 다른 사람에게 건네준 다음 털장갑을 벗고 맨손을 진정에게 댔다. 그는 조종석 팔걸이에 손바닥을 위로 한 채 앉아 있었다. 진정의 금빛 건틀릿이 아주 가느다란 침으로 덮여 있는 모습이 보였다.

진정의 침에 닿은 여자의 손바닥에서 바늘에 꿰뚫린 과일처럼 피가 터져 나왔다. 고통스럽게 끙끙대는 소리가 그녀의 입에서 흘러나왔다. 진정의 검은 기가 그녀의 손바닥을 타고 재빠르게 팔을 기어올라 찡그린 얼굴까지 닿았다. 그녀가 왜 불을 삼켰는지 이해할 수 있었다. 자신의 화기를 북돋우기 위함이었다. 그를 따뜻하게 해주어야 하니까.

그런 이유라면 내가 도울 수 있다.

난 주사기를 쥐고 진정에게 다가갔다. 그리고 건틀릿에서 한 손을 빼낸 다음 그의 다른 손바닥 침에 손을 얹었다.

맹렬한 수기가 밀려들었다. 몸 안이 뼛속까지 차가워지면서 나의 경혈이 검게 물들었다. 하지만 사마의와 받은 훈련 덕분에 두 번째 기를 물에서 불로 바꿀 수 있었다. 나는 비명을 지르며 기의 흐름을 잡고 억지로 열을 가했다. 음기를 양기로 바꾸기 위해 온 힘을 그러모았다. 이윽고 나의 금기가 두 번째 회로에서 켜졌다.

마치 석탄이 달궈지듯, 까맣게 변했던 나의 경맥이 점차 빨갛게 빛나기 시작했다. 맞닿은 우리의 손바닥을 통해 변화의 기운이 진정 쪽으로 스며들었다.

한 줄기 숨결이 그에게로 들어갔다. 마치 오랫동안 버려진 먼지투성이 방에 신선한 바람이 스치는 듯한 소리였다. 왕관의 늘어진 구슬 그림자 사이로 그의 눈이 떠지더니 우리 쪽을 바라보며 휘둥그레 커졌다.

"치료제는?"

그는 씨근거렸다.

정말 놀랍게도, 진정의 발음은 낯설었지만 알아들을 수 있었다.

아니, 놀라울 건 아니었다. 나의 언어와 유목민의 언어가 같은 조상으로부터 물려받은 것이라면 당연한 일이었다.

지금 내 눈앞에 있는 사람은, 지금 내가 말하고 있는 사람은 221년 전에 죽었어야 했던 사람이다.

"치료제는 어디 있어?"

그는 더 빠르고 세차게 숨을 쉬며 되물었다.

유목민들 사이에서 커다란 고함이 터졌다. 나는 주사기를 꺼내 그의 손목으로 가져갔지만 아머 때문에 혈관을 찾을 수가 없었다.

"아머를 열어요!"

나는 고개를 들었다.

진정의 얼굴 반쪽이 녹아내리고 있었다.

나는 비명을 질렀다. 진정 역시 마찬가지였다. 더는 꾸물거릴 시간이 없었다. 나는 그의 목에 주사기를 꽂았다. 진정은 불길을 삼켰던 유목민이 잡았던 피투성이 건틀릿으로 망가진 이목구비를 꽉 쥐었다. 기 금속이 녹아내리며 그의 얼굴 위에서 변형됐다. 마치 수은처럼 퍼지는 기 금속은 토형 기 금속에서는 한 번도 본 적 없는 속도와 유동성을 보여주었다.

하지만 오늘은 불가능하다고 생각했던 개념들 모두가 산산이 부서지는 날이었다.

"크리살리스를 조종할 수 있어요?"

나는 약을 다 주입한 다음 빈 주사기를 목에서 빼며 물었다. 그러면서도 다른 한 손으로는 피가 새는 걸 막기 위해 주사를 놓은 곳을 꾹 눌렀다. 약효가 있을지는 모르겠지만, 분노와 슬픔, 복수심으로 두근대는 맥박이 피부를 뚫고 나올 것만 같았다.

"당신의 힘이 필요해요. 당신의 크리살리스가요. 지금 당장."

숨 쉬는 것조차 힘겨워하던 진정이 키득키득 웃었다. 그는 얼굴을 가렸던 손을 내렸다.

그의 얼굴 중 녹아내린 반쪽은 기 금속으로 뒤덮여 있었다. 황금빛 두개골의 일부분 같아 보였다.

나는 몸을 부르르 떨었다.

진정의 수기가 경맥을 돌면서 붉은색 옆으로 검은빛이 나타났다. 이어서 토기의 노란빛이 세 번째로 나타났다. 네 번째로 금기의 하얀빛이. 다섯 번째로 목기의 초록빛까지.

눈앞에 드리운 은은한 황금빛 왕관 구슬 너머로, 진정은 나를 비웃는 눈초리로 훑어보았다. 그의 눈과 피부에 다섯 개 기의 문양이 모두 나타났다.

"넌…… 나와는…… 5분도…… 버티지 못할 거야."

진정의 말은 전적으로 사실이었다.

그는 완전히 차원이 달랐다. 기력으로는 타의 추종을 불허할 뿐만 아니라, 원하는 기를 종류에 상관없이 마음대로 다룰 수 있었다. 그가 당장 크리살리스를 조종할 수 있다 해도, 내가 그와 함께 탔다가 살아남을 수 있을지는 알 수 없었다.

아니야. 사실, 나에게는 좋은 생각이 있잖아.

나는 음의 조종석과 양의 조종석을 물끄러미 바라보았다. 조종석은 현재의 것과 크게 다르지 않아 보였다. 만약 기본 설정이 바뀌지 않았다면…… 군대가 한 거짓말이 오래전부터 이어져 왔던 거라면…….

뿌리 깊은 고정관념이 마음속에서 저항하기 시작했다. *남자는 양의 조종석에 앉고, 여자는 음의 조종석에 앉는 게 맞잖아. 하지만 왜 꼭 그렇게 해야 해? 선천적으로 남녀에 차이가 있다면, 어째서 군대가 조종석을 인위적으로 차이 나게 설정했겠어?*

그러한 차이는 모두 환상이다. 자의적으로 꾸며낸 환상.

서늘하고 무시무시한 차분함이 내 속에 깃들었다.

백호의 조종석에서 나오기 전에 이치에게서 받은 항바이러스 키트를 전도성 슈트에서 꺼내어, 안에 든 약병과 주사기를 황제에게 보여주었다. 황제가 내 말을 들어야 할 이유가 있어야 했다.

"당신의 화두는 잠깐 멈춘 것이지 완전히 치료한 게 아녜요. 그러니 약을 계속 얻고 싶다면 음의 조종석에 앉아요."

내 말은 거짓이 아니었다.

진정은 눈썹을 지그시 찌푸렸다.

"지금…… 뭐라고?"

나는 또렷하게 발음하며 항생제 키트로 음의 조종석을 가리켰다.

"알아들었으면서 뭘 물어요? 자리 바꿔요, 어서."

황제의 가슴이 들썩였다.

"난…… 그럴 수 없어……. 어떻게 여자의 자리에―."

"살고 싶어요? 아님 죽고 싶어요? 간단하잖아요!"

나는 서로 연결된 우리의 손을 흔들며 소리쳤다.

진정은 이를 악물었다.

"네가 어찌 나를……!"

"진정, 난 당신보다 221년의 세월을 더 많이 알고 있어요. 지금은 설명할 시간이 없지만요. 당신이 떠난 동안 주 지방이 혼돈에게 넘어간 건 알아요? 당신의 소중한 황룡이 혼돈 둥지 근처에 묻혀 있는 건요? 그걸 200년도 넘은 오늘에야 다시 찾아낸 건 알아요? 당장 음의 조종석에 앉아요. 그러지 않으면 지금까지 살아남은 것도 허사가 될 테니까요!"

"200년이라니……."

진정의 얼굴에 충격과 혼란이 번졌다.

그래. 누가 구해주기를 기다렸대도 이토록 오래 기다려야 했을 줄은 몰랐겠지.

그는 입을 다시 꾹 다물더니 덜덜 떨며 양의 조종석에서 일어났다. 왕관에 달려 늘어진 구슬 끈이 가볍게 부딪치는 소리를 냈다.

그 순간 또다시 놀라운 일이 벌어졌다. 음의 조종석에 있던 아머 한 벌이 바닥으로 녹아내리더니 양의 조종석에서 나타난 것이다. 나는 진정의 건틀릿에 나와 있던 침에서 손을 뗀 다음 그가 아머를 갈아입는 걸 도와주었다.

재빨리 상황을 파악한 유목민들은 주춤주춤 조종실에서 나갔다. 나는 은발의 노인과 눈짓을 주고받았다. 우리 사이에 말이 통했다면 얼마나 좋았을까. 물어보고 싶은 게 정말 많은데. 어떻게든 살아남아 그녀를 다시 볼 수 있기를 바랐다.

천으로 만든 커튼이 다시 닫히자, 나는 몸에서 주작의 아머를 벗었다.

나는 빨간 건틀릿을 가슴에 대고서 속삭였다.

"잠깐만."

갑자기 눈물이 쏟아졌다.

이제 나의 왕관은 아무 쓸모가 없다. 세민이 만든 아름다운 날개가 달린 왕관은 나의 척추에 연결되지도 못하고 무게나 차지하는 장식이 되고 말았지만, 그래도 난 꿋꿋하게 왕관을 썼다. 그리고 나의 주작 아머를 가지런히 쌓아놓은 다음 양의 조종석에 올랐다.

진시황제가 다시 목소리를 높였다.

"주 지방이…… 넘어갔다고?"

"맞아요. 우리는 당신을 믿었지만, 미안해할 필요는 없어요. 아픈 게 잘못은 아니니까. 어쨌든 그때 주 지방을 차지한 혼돈이 아직 여기에 살고 있으니 당신이 놈들을 죽여야 해요."

내 팔에 안긴 진정은 잠시 몸을 굳혔지만, 이내 천천히 긴장을 풀었다.

"언제나 그랬듯이, 그래야지."

나는 그의 왕관에 난 뿔 사이로 떨리는 숨을 내쉰 다음, 내 손을 그의 손에 얹었다. 초현실적인 느낌이 날 스쳐갔다.

자리만 바뀌었을 뿐인데, 모든 게 달라진 것 같았다. 아주 잠깐, 나는 남자가 된다는 게 무엇인지, 남자라는 존재의 의미가 무엇인지 본능적으로 느꼈다. 하지만 지금 중요한 건 그게 아니다. 남자든 여자든 조종할 때는 성별이 상관없었다. 내가 살아남는다는 보장은 없지만, 이제 와서 두려움에 주저하기에는 너무 멀리 왔다.

나는 조종석에 등을 기댔다.

침이 내 척추를 관통하는 순간, 맹렬한 충격이 나의 감각에 뻗쳤다. 비명이 터져 나왔다. 여기에 저항하는 건 강풍에 맞서 힘겹게 문을 닫는 것과 같은 일일 테다.

내 육신의 눈이 마지막으로 본 것은 금빛 섬광이었다.

제45장

난 누구지?

눈을 뜨자, 소금물이 쓰라리게 느껴졌다. 매서운 추위가 뼛속까지 파고들었다. 비명을 지르려 했지만, 물이 순식간에 폐에 차오르고 몸속이 온통 얼음으로 뒤덮였다.

이게 무슨 일이야?

내가 어쩌다 여기에 온 거야?

난 누구지?

숨이 막혔다. 눈앞이 이리저리 튀면서 저 위로 반질반질한 빨간 불빛이 반짝였다. 나는 그쪽을 향해 허우적댔지만, 꼭대기는 얼음층뿐이었다. 산소를 구할 희망은 완전히 사라졌다. 눈에 힘이 들어가며 커졌다. 나는 손톱이 부러질 때까지 얼음을 마구 긁어댔다. 뼈가 부러질 때까지 얼음을 쳐댔지만 조금도 부서지지 않았다.

누군가의 손이 발목을 잡았다. 아래를 홱 내려다보았다. 혹시 누군가 도와줄까 싶은 마음에서였다.

하지만 헛된 희망이었다.

날 잡은 건 *아귀*였다. 검은 물속에 가득한 굶주린 아귀들이 내게로 꾸물꾸물 다가왔다. 보이는 곳마다 온통 아귀뿐이었다.

아귀의 썩은 손이 나를 붙잡더니 이내 날 아래로 끌어내렸다. 나의 입은 쩍 벌어져 다물어지지 못했다. 비명이 나오지 못하고 가슴속에 갇혔다. 아귀들은 내 주위를 떼 지어 돌았다. 얼음물이 몸을 칼날처럼 난도질하며 나를 점점 더 깊이 가라앉혔다. 두려움이 엄습했다. 내가 할 수 있는 일은 하나도 없었다.

저 위에서 타오를 듯 반짝이는 선들이 빛을 발했다. 이제 거의 보이지 않는 눈앞을 스쳐 지나가는 빛이었다.

그건 날 향해 헤엄쳐 오는 사람의 몸뚱이였다. 그의 주변으로 물이 끓어올라 수증기가 되었다. 그의 가슴께로 모인 선들은 두근두근 맥동하는 빛의 구체가 되었다.

나는 필사적으로 아귀를 헤치고 팔을 내밀었다. 그는 내 팔을 잡았다. 그리고 어마어마한 힘으로 나를 아귀 떼에서 떼어냈다. 우리는 다른 손으로 서로를 꼭 잡았다. 불빛에 비친 그의 얼굴이 너무나 낯익어서 고통스러운 충격이 날 덮쳤다. 하지만 머릿속을 아무리 뒤져봐도 그가 누군지 기억이 나지 않았다.

그는 나를 얼음층까지 끌고 안내했다. 그리고 한 손을 얼음층에 얹었다. 그의 피부 아래로 흐르는 용암 같은 선들이 얼음을 커다란 원형으로 녹이더니 얼음층을 산산조각으로 부수었다.

우리는 표면으로 불쑥 올라왔다. 나는 한 번도 숨을 쉬어본 적이 없는 사람처럼 공기를 마구 들이마셨다. 급히 호흡하다 보니 현기증이 일었다.

아귀는 여전히 우리를 따라오고 있었다. 나는 단단한 얼음층으로 올라가며 다리에 들러붙은 아귀를 걷어찼다. 젖은 손바닥이 얼음판에 쩍 달라붙는 바람에 움직일 때마다 손바닥을 떼어내야 했다.

나를 구해준, 환하게 반짝이는 소년이 물에서 완전히 나와 나를 도와주었지만, 나는 얼음층 위에 넘어지고 말았다. 추위가 몸을 짓눌러 움직이기가 힘들었다. 하늘은 핏빛처럼 붉었다. 우리가 간신히 빠져나온 얼음 구멍에서 괴물의 손이 튀어나와 내 팔을 스쳤다.

"미랑!"

소년은 아귀에게서 나를 끌어내고는 어깨를 흔들었다.

미랑? 예쁜 아가씨란 뜻이잖아? 왜 나를 그렇게 부르지?

"이리 와!"

그는 나를 품에 안고서 빛나는 가슴에 따스하게 기대도록 한 다음 도망치기 시작했다.

아귀들은 우리 뒤로 마구 몰려나와 쫓아오기 시작했다. 놈들은 거대한 군대를 이루어 신음하고 할퀴고 얼음을 뒤흔들었다. 여기저기 바닥이 갈라지면서 소년이 도망치는 발걸음 아래를 위협했다.

나는 그의 팔에 안긴 채로 긴장한 옆모습을 빤히 바라보았다. 누군지 기억이 나야 할 것 같은데, 머릿속이 텅 비어서 내가 누구인지조차 기억나지 않았다. 비명을 지르고 싶었다.

내가 어떻게 이 아이를 잊을 수 있지?

이 소년은 나에게 어떤 의미였지?

왜 이 아이를 보기만 해도 가슴이 터질 것처럼 아프지?

발을 질질 끌면서 다가온 아귀가 그의 등을 찢었다.

나 때문에 빨리 뛸 수가 없는 거야. 날 들고 가느라.

"날 두고 가!"

나는 그의 어깨를 밀었다.

"안 돼. 넌 여기서 나가야 해. 반드시."

그의 손길이 더욱 강해졌다. 홍채는 사정없이 붉게 타올랐지만, 눈빛은 부드럽고 온화했다.

답답한 마음에 울음을 터뜨리려던 순간, 우리 아래로 펼쳐진 얼음판이 눈에 들어왔다. 문득 어떤 생각이 떠올랐다. 머릿속에 어렴풋한 기억이 스쳤다.

우리는 예전에 함께 이곳에 있었어. 속도를 내면서 빙판 위를 누볐지.

나는 눈을 깜빡였다. 그리고 다음 순간, 그는 스케이트화를 신고 부드러운 곡선을 그리며 앞으로 미끄러지듯 나아갔다. 나는 그의 품에서 벗어났다. 나의 스케이트화가 얼음판에 쿵 닿았다. 그는 내 허리를 잡고서 나를 밀어주었다. 나도 두 팔로 그를 껴안았다.

그래. 맞아. 이 느낌이야.

우리는 아귀에게서 빠르게 벗어났다. 이제는 놈들과 상당한 간격을 두게 되었다. 해안선이 빠른 속도로 눈앞에 다가왔다. 하지만 계속 앞으로 가던 나는 돌진하던 어두운 덩어리에 부딪혔다.

그것 역시 아귀였다.

"저기로 가야 해! 탈출구는 그뿐이야!"

그는 나를 계속 이끌었다.

공포가 뼈마디마다 달라붙고 아무런 기억도 나지 않았지만, 한 가지 확실한 것이 있었다. 나는 그를 믿는다.

나는 그와 함께 또 다른 아귀 떼에게 달려들었다.

아귀는 비명을 지르며 사지를 뻗어 나를 잡으려 했다. 물로 들어오라고 발버둥 치는 아귀의 몸짓이 내 감각을 가득 채웠다. 하지만 소년은 나를 절대로 놓지 않겠다는 듯 단단히 붙잡았다. 그리고 폭풍우 사이를 뚫고 날아가는 한 장의 잎새처럼 매끄럽고 우아한 원형을 그리며 아귀 사이를 누볐다. 나를 꼭 끌어안고서, 그는 아귀에게서 멀리 도망쳤다.

"기억해 줘. 네가 누군지 기억해. 그리고 날 기억해."

그는 간절히 부탁했다.

내 뺨 아래로 소년의 가슴에서 피어오른 불빛이 점점 밝고 뜨겁게 발산되었다. 그의 손길 아래로 얼음이 부서지면서 나 또한 부서졌다.

이윽고 기억이 밀려들었다.

나는 햇살이 비치는 명문 학교의 산책로를 성큼성큼 걷고 있었다. 가슴에는 빌린 낡은 책 무더기를 꼭 안은 채였다. 몸집에 비해 너무 짧은 비단 옷자락이 팔다리에서 바스락댔다. 길가에 선 마호가니 기둥의 그림자가 내게 내려앉았다. 다른 학생들은 내가 보지 못한다고 생각하고 날 노려보거나, 듣지 못한다고 착각하고 저희들끼리 속삭여 댔다. 나는 최선을 다해 그들을 무시했다.

바깥 경기장에서는 투사들이 함성을 지르고 부유한 관중들이 환호하는 중이었다. 그동안 나는 어두운 라커룸에서 시를 공부했다. 상처 난 손가락으로 고대의 시구들을 짚으며 다짐했다. 저들이 날 뭐라고 생각하든, 그보다 더 나은 존재가 되어주자고.

나는 드론이 비추는 둥그런 불빛 속에 무릎을 꿇었다. 병사들이 마구 소리치는 가운데, 피투성이가 된 두 손을 덜덜 떨면서 머리 뒤로 올렸다. 이제는 모든 기회를 잃어버리고 그저 죄수가 될 운명이었다.

나는 크리살리스 안에서 비명을 질렀다. 나를 사랑하고 치유해 주려 했던 여자가 내 품에서 죽었다.

나는 차갑고 축축한 감방 바닥에 누웠다. 내 핏속에 술을 가득 채운 채로. 나는 산 채로 불에 타는 듯 몸부림을 쳤다. 죄어드는 입마개에 비명이 막혔다.

나 대신 소녀들이 비명을 질렀다.

너무나 많은 소녀들이.

나는 또 끌려가 안개 낀 연결 다리 위를 건넜다. 저 끝에 병사들이 데려다 놓은 여자애 하나가 수갑을 차고 서 있었다. 눈앞이 흐릿해서 그 애의 이목구비를 분간할 수는 없었지만, 그 애가 처음 내뱉은 말에서는 차분함이 느껴졌다. 그래서 더 충격적이었다.

"날 죽이기 전에 최소한 눈이라도 마주쳐 줘야 하지 않아? 배짱을 좀 가져보라고."

전투가 끝난 뒤, 그 애는 음의 조종석 뒤로 손을 내밀었다. 코피를 흘리고 있었지만, 살아서 빙긋 웃고 있었다.

그 애는 커다란 화면이 비추는 방에서 자기 머리를 총구에 들이밀었다. 모두들 공포에 사로잡힌 상황에서도 자유분방한 그 아이에게는 한 점 두려움이 없었다.

만리장성 위를 달리는 셔틀 안에서 그 애는 나를 빤히 쳐다보았다. 마침내 그 애의 얼굴이 또렷하게 들어왔다. 너무나 아름다운 얼굴이었다. 하지만 그 눈빛은 더없이 깊고 어두운 증오로 들끓었다.

나는 감각을 되찾았다. 다시 나의 존재로, 나의 현실로.

"세민아……."

나는 그의 얼굴을 두 손으로 잡았다. 우리는 지금 만리장성 계단에 앉아 있었다. 내 어릴 적 상상과 비슷하게, 산 전체를 구불구불 뒤덮고 있는 용처럼 보이는 곳이었다. 불이 난 듯 새빨간 하늘의 열기가 우리 위로 일렁였다. 일단은 아귀를 앞질러 도망쳤지만, 놈들의 신음은 저 멀리서 끈질기게 들려왔다.

"측천아."

세민이 미소를 짓자, 마음이 설렜다.

하지만 진실이 떠오름과 동시에 공포가 찾아왔다. 곧이어 무언가가 머릿속에 불쑥 나타났다.

세민의 얼굴이 경혈을 따라 금이 가더니 그 선을 따라 빛이 일었다. 그 빛은 숯처럼 이글거리며 점점 뜨거워졌다. 너무나 뜨거웠다. 한 줄기 얕은 한숨과 함께, 세민은 만리장성 계단 위에 털썩 무릎을 꿇으며 주저앉았다.

"안 돼!"

나는 그와 함께 주저앉으며 어떻게든 그 몸을 잡아보려 했다. 세민은 재와 불꽃으로 타오르며 사라지고 있었다. 나는 고개를 마구 저었다.

"없어지지 마, 제발 여기 있어줘. 부탁이야."

세민의 미소가 슬프고도 평온하게 변했다. 그는 달아오른 금속 같은 손가락으로 내 뺨을 쓸었다.

"너는 철의 미망인이잖아. 이건 우리의 정해진 운명이었어."

"그런 거 싫어!"

나는 세민의 손을 꽉 쥐고 그의 어깨를 흔들어댔다. 그가 사라지지 않을 수 있다면 뭐든 하고 싶었다.

"가지 마! 가긴 어딜 간다는 거야!"

세민은 나를 품에 안고서 내 머리에 턱을 지그시 얹었다.

"난 아무 데도 안 가. 정말 모르겠어? 난 네 안에 있어. 나의 모든 것들이 이곳에서 살고 있어"

그는 나의 관자놀이를 톡톡 치더니 이마에 입을 맞추었다.

"난 언제나 너의 일부가 되어 존재할 거야."

"안 돼! 안 돼, 안 돼, 안 된다고!"

그의 입술이 나의 입술에 닿았다.

녹은 열기가 내 입속에 퍼졌다. 나는 세민을 꽉 잡았지만, 세민은 내 품에서 타고 남은 재와 검댕으로 흩어져 갔다. 뜨거운 바람을 타고 그의 잔해가 흩날렸고, 결국 남은 것은 검게 그을린 나비 한 마리뿐이었다. 음과 양의 날개를 모두 지닌 나비 한 마리.

나는 몸을 웅크리고 소리 없이 흐느꼈다.

하지만 알고 있다. 여기에 머물면 머물수록 시간을 낭비할 뿐이라는 것을.

"무측천."

머릿속에서 속삭이는 목소리들이 들려왔다. 세민만이 아니었다. 언니의 목소리도 들렸다. 이치와 엄마와 할머니의 목소리도 들렸다. 그리고 이름 모를 수많은 소녀들의 목소리도 들렸다. 거짓말 때문에 고통받던 소녀들, 내가 폭로해야 할 거짓말의 희생양들.

"그들의 악몽이 되어라."

아귀의 울부짖음이 가까이 들려왔다. 한 맺혀 떠도는 바람과도 같은 소리였다.

전투는 아직 끝나지 않았다. 이 영역은 여전히 나의 정신을 소모하고 있었다.

모든 것이 불가능한 것만 같아도, 앞으로의 내가 결코 전과는 같지 않을지라도, 그저 쓰러진 채 모두 포기하고 싶기만 할지라도, 나는 계속 앞으로 나아갔다. 반은 기다시피 반은 넘어지다시피, 그렇게 만리장성의 계단을 올랐다.

장성의 가장 높은 곳에 다다르자 왕좌가 보였다. 나는 거칠게 숨을 몰아쉬며 몸을 일으켰다. 그리고 왕좌에 앉은 냉랭한 눈빛의 소년을 바라보았다.

진정은 깜짝 놀라 고개를 들었다. 턱을 괴고 있던 그의 손이 무릎으로 스르르 떨어졌다.

그는 피식 웃었다.

"하, 이런 건 또 처음이네."

제46장

철의 미망인

　나의 의식이 진정의 정신 영역으로 불쑥 들어갔다. 마치 소용돌이 치는 바다 저 깊숙한 곳을 뚫고 수면 위로 나왔지만, 유독한 물질과 거슬리는 소음으로 가득한 공기뿐인 공간을 마주한 느낌이었다. 고 뇌와 공포가 나를 사납게 짓눌렀다. 그 느낌은 부자연스럽고 기괴 했다.

　이런 공포는 정말이지 처음이었다.

　진정의 영혼체는 음양의 영역 중 검은 음 부분에서 다리를 꼬고 날 마주 본 채 앉아 있었다. 나는 하얀 양의 영역에 서서 덜덜 떨었 다. 진정은 눈을 감고 집중하는 중이었다.

　나는 기력을 모아 황룡의 감각에 나를 연결시켰다. 놀랍게도 진정 은 나를 막지 않았다. 연결과 동시에 지금껏 느껴보지 못한 감정이 휘몰아쳤다. 바깥세상을 인지하기가 힘들었다. 모든 감각이 흔들렸고, 무슨 일이 일어나는지 파악하는 데는 몇 초가 걸렸다.

진정은 황룡을 묻어두었던 곳에서 파내어 전투에 투입시켰다. 황룡은 기다란 뱀 모양의 몸체를 이용해 불타 그을린 산허리를 완전히 둘러싸고 누워, 수형 황제급 혼돈을 골짜기로 몰아넣었다. 황제급 혼돈이 제아무리 모양을 변형시킨다 해도 빠져나올 수 없었다. 황룡은 물을 흡수하는 토기 조각상처럼 혼돈의 수기를 빼앗아갔다. 희망을 잃어버린 황제급 혼돈은 어마어마한 감정을 분출했다.

불은 물에 약하지만, 물은 흙에 약하다.

"그만해……. 우리를 살려줘……. 제발……."

저건 분명히 수형 황제급 혼돈의 생각이었다. 유목민의 언어도 제대로 알아듣지 못한 내가 혼돈의 말을 알아들었다.

혼돈이 우리의 언어를 구사할 수 있다는 걸까? 아무리 생각해도 이해되지 않았다.

이 악몽에서 벗어나고 싶었다. 진정의 정신 영역으로 다시 도망치려 한 순간, 혼돈의 감정이 마침내 끊어졌다. 나는 다시 숨을 쉴 수 있었다. 수형 황제급 혼돈은 조용히 쓰러졌다. 이제는 생기 없는 거대한 기 금속 덩어리가 되어버렸을 뿐이다. 이걸로 분명 새로운 황제급 크리살리스를 만들 수 있을 것이다.

진정의 얼굴이 아주 살짝 누그러졌다. 하지만 그는 눈을 뜨지 않았고 어떤 식으로든 나를 알아봐 주지도 않았다. 그의 영혼체의 얼굴에 드리워진 다크서클은 이제껏 본 적 없을 만큼 진했지만, 그조차도 진정의 아름다움의 일부가 되었다. 범접할 수 없이 차가운 소년의 분위기 말이다. 한쪽 얼굴에는 으스스하게 얽힌 흉터 자국이 있었다. 화두를 앓기 전 얼굴이 어땠을지 상상할 수 있었다.

황룡을 산 깊은 곳으로 몰고 들어가면서, 진정은 황룡의 발톱으로 혼돈을 밟아댔다. 크리살리스의 느낌에 점점 익숙해져 갔다. 황룡은 수백 년 동안 꽤 부패했지만, 진정은 다른 조종사는 발휘할 수 없는 능력, 토기의 기 금속을 동화시키는 자신의 특기를 발휘하여 크리살리스를 고쳐냈다.

보통 서로 다른 혼돈에서 나온 기 금속은 함께 섞으면 작동하지 않는다. 하지만 황룡의 기다란 몸은 남은 혼돈 떼를 마구 누비고 뒤지면서 자석처럼 혼돈들을 집어 들었다. 깜짝 놀란 혼돈의 정신이 우리와 접촉하며 충돌했지만, 그들의 감정은 수형 황제급 혼돈의 것에 비해 전혀 강렬하지 않았기에 금방 사라져 버렸다. 그들의 기 금속은 곧바로 황룡의 일부가 되어 몸체를 보강하고 무한히 확장했다. 황룡의 몸체가 길어질 때마다 일정한 길이를 두고 새로운 발이 생겨났다.

크기가 조금 더 큰 귀족급 혼돈 떼가 우리 쪽으로 돌진했다. 진정의 정신 영역에서 봤던 아귀의 모습 같았다. 하지만 황룡은 그들을 가뿐하게 파괴했다. 그 누구도 축융봉의 분화구로 가는 우리를 막지 못했다. 일단 분화구에 도달하면, 전투의 승리는 보장된 것이다.

그때까지 기다리며 가만히 있을 순 없었다.

나는 움직여야 했다.

다른 크리살리스들은 산을 헤치며 허둥지둥 우리를 따라왔다. 황룡이 처음 나타났을 때는 분명히 의기양양하게 함성을 지르며 반응했던 것 같은데, 지금은 섬뜩한 침묵을 지키고 있었다. 자그마한 카메라 드론이 우리 앞에서 윙윙 날았다. 그 순간, 나는 깨달았다. 황룡의 눈은 분명히 두 가지 색깔로 빛나고 있을 테고 그건 크리살리스를 균형 잡힌 짝이 조종하고 있다는 표식이다. 게다가 그 눈빛 중 하나가 하얀 금기라면? 생각이 있는 사람이라면 내가 황룡 안에 있다는 걸 똑똑히 알 것이었다.

전략가들이 우리를 제외한 나머지 조종사들에게 무어라 말했을지는 너무나 뻔했다. 그들의 생명을 구해준 저 크리살리스를 조심해야 한다고 말했겠지.

새로이 분노가 타올랐다. 전투가 끝나는 대로 저들은 나를 '처리'할 계획이리라.

그렇다면 내가 먼저 선수를 쳐야 한다.

내가 '해야 할 일이 있다.'며 양해를 구하고 크리살리스의 전권을 장악했을 때도 진정은 반대하지 않았다. 그러니 오히려 이상했다. 그를 이해할 수가 없었다. 무슨 이유인지 모르겠지만 그의 정신 영역에서 나는 단 하나의 기억도 엿보지 못했다. 200년 동안 잠들었다 깨어난 뒤라 그의 정신이 맑지 않으리라고 추측만 할 뿐이었다.

나는 달걀을 짓밟듯 귀족급 혼돈을 으스러뜨린 다음 카메라 드론을 똑바로 바라보았다.

"군대는 우리에게 이제껏 거짓말만 했습니다!"

나는 황룡의 기다란 주둥이로 소리쳤다. 그리고 조종사 시스템의 진실을 폭로했다. 그 시스템 때문에 잠재적인 조종사의 절반이 어떻게 억압을 당했는지, 그 때문에 전쟁이 얼마나 지지부진해졌는지 강조했다. 사람들은 자신에게 실제로 영향을 미치는 사안에 대해서만 신경 쓰기 마련이니까.

"저는 증거를 갖고 있습니다. 곧 보여드리죠. 하지만 이미 여러분도 다 납득했으리라 생각합니다! 성별은 기력과 아무런 상관이 없다는 걸 다들 아시잖아요! 그렇지 않다면 제가 어떻게 존재하겠습니까! 그래요, 저는 철의 미망인 무측천입니다!"

나는 황룡의 조종실을 열어서 온 화하에 조종석의 구조를 보여주었다. 내가 양의 조종석에 앉아 진시황제가 분명한 소년을 통제하고 있는 모습이었다.

군대와 성현들은 지금쯤 생방송을 차단했을 것이다. 하지만 나는 이미 할 말을 끝냈다. 그 후로는 단 1초도 시간을 허비하지 않았다. 몇 번 몸을 날려 도약한 끝에, 나는 황룡을 타고 날았다. 진정은 지하의 용암과 혼돈에게서 모든 종류의 기를 빨아들였다. 그 모든 기가 몸에 흐르는 황룡은 마치 풍등처럼 둥실 떴다. 나만의 생기가 아니라 온 세상의 생기를 휘두르는 느낌이었다.

나는 용을 구불구불 움직이면서 돌기둥 같은 봉우리 위로 솟아올랐다. 그리고 가장 뒤편에 깔끔하게 줄지어 선 방송 중계차 쪽으로 다가갔다. 산속에는 이런 장갑차들이 더 많이 있겠지만, 이쪽을 파괴하는 편이 더 쉬웠다.

나는 황룡을 중계차 위에 착륙시켜서 다수의 장갑차를 납작하게 눌러버렸다. 첫 움직임에 미처 파괴하지 못한 장갑차들은 황룡의 수많은 발톱으로 으깨고 찢었다. 황룡이 전략가들의 명령을 듣지 않을 것임을 확실하게 보여주기 위해서였다.

중계차를 부수고 돌아서서 분화구를 찾아보니, 다른 조종사들이 우리 없이도 깔끔하게 임무를 완수해 놓은 참이었다. 반쯤 생기다 만 혼돈 유충의 껍데기들이 축융봉 경사면을 따라 연기를 내뿜으며 쌓여 있었다. 완전한 승리였다. 반격은 성공했다.

하지만 전쟁터에는 여전히 혼란이 그득했다. 윙윙대는 카메라 드론도 없고, 조종석 스피커로 소리치는 전략가들의 목소리도 들리지 않았다.

아무도 승리를 축하하지 않았다. 크리살리스들은 그저 망연자실한 채 공중에 떠 있는 황룡을 올려다보았다. 어떤 크리살리스들은 전략가들의 지시를 받아볼 요량으로 머리를 두드려댔다. 하지만 곧 헛된 희망이라는 걸 깨달을 뿐이었다.

나는 축융봉 정상 부근에 있던 현무 앞을 쾅 내리쳤다. 분화구로 흙이 우수수 소리를 내며 흩날렸다. 현무는 아까보다 훨씬 작아 보였다. 마치 사람의 눈높이에서 실제의 거북이를 내려다보는 느낌이 들 만큼.

"당신이 무슨 짓을 했는지 알아요?"

나는 울부짖었다. 전쟁터는 숨죽인 듯 조용했다.

"측천, 정말, 정말로 미안해요."

산 아래로 기어 내려가는 현무에게서 마수영의 목소리가 들려왔다. 두 눈이 어둑하게 흐려진 채였다.

"명령을 따르지 않으면…… 우리 아이들이…… ."

현무는 갑자기 멈춰서서 거친 목소리로 소리쳤다.

"내가 당신이었다면 선 넘는 짓은 하지 않았을 거야! 그랬다간 가족까지 위험해질 테니까!"

나의 분노가 바람에 식어버린 불꽃처럼 누그러졌다가, 이내 너무나도 찬란하고 격렬하게 다시 치솟았다.

마수영이 나더러 가족과 화해하라고 부추긴 이유가 이거였을까? 사람들이 내 가족을 들먹이며 나를 통제할 수 있게 하려고?

난 어쩜 이리 바보 같을까. 이제껏 여자를 얕보고 무시하는 사람들에게 온갖 분노를 터뜨렸으면서, 실은 나야말로 여자를 과소평가한 셈이었다.

나는 현무에게 몸을 숙였다. 황룡의 길쭉한 주둥이와 기다란 황금수염이 현무에게 닿을 만큼 가까이 다가갔다. 내가 입을 열자 현무의 검은 표면에 은백색의 반질반질한 물질이 튀었다.

"말이 되는 소릴 해. 너희는 이미 내 진짜 가족을 죽였어."

나는 발톱을 들어 현무의 머리를 콱 잡아 목에서 깔끔하게 떼어냈다. 그리고 으깨어 짓이겼다. 피가 줄줄 흘렀다. 너무나 가느다래서 보이지도 않을 정도의 피가 황룡의 발톱 아래로 뚝뚝 떨어졌다. 세민도 똑같은 일을 당했다는 사실이 다시금 떠올랐다. 나는 발톱을 더욱 꽉 조이며 황룡의 이를 땅에 갈았다.

다른 크리살리스들은 이 모습에 충격을 받고 비명을 질러댔다. 하지만 누구도 움직이지 못했다.

이제 저들은 내가 다음 단계로 넘어가도 방해하지 않을 것이다.

게다가 수-당 국경으로 돌아가려면 저들은 몇 시간이나 이동해야 한다. 하지만 나는 훨씬 빨리 그곳으로 날아갈 수 있었다.

음양의 영역에 있던 진정의 눈이 처음으로 휘둥그레지더니 놀라서 나를 바라보았다.

"너, 세상을 장악하고 싶은 거구나."

진정은 수백 년도 더 된 방언으로 나지막이 말했다. 그의 말은 약에 취했거나 졸린 것처럼 살짝 어눌했다.

"그래요."

나는 조심스럽게 말을 골랐다. 이 소년은 실제로 나라를 다스렸던 황제였다. 내가 그를 단순히 도구로만 취급한다면, 나에게 협조하지 않을 것이다.

"현재의 조종사가 어떤 위치인지 먼저 알아둘 것이 있어요. 조종 사들은 더는 지도자가 아니에요. 나를 막는다면, 당신은 나라에 돌아 가서도 그저 구경거리인 연예인이 되겠죠. 사람들은 눈을 번들거리 며 당신을 보겠지만, 당신에게 복종하지는 않을 거예요. 사람들을 다 시 다스리고 싶다면, 우리는 무력으로 싸워 얻어내야 해요."

"그래. 알았어. 가보자고."

진정은 눈을 감고서 다시금 어깨를 으쓱였다.

나는 웃었다. 웃음소리는 즐거운 기색 하나 없이 공허했고 아주 오 랫동안, 미친 게 아닌가 싶을 정도로 길게 이어졌다.

이런 걸 두고 구원이라고 하던가?

아니, 구원 따윈 없을 것이다.

틀린 건 내가 아니다. 세상이지.

제47장

내가 마땅히
받아야 할 모든 것

영원한 평화의 도시라 이름 붙은 장안은 이제 전혀 평화롭지 않았다.

차가운 공기 중에 솟아오르는 벽처럼 인간의 소란스러움이 퍼졌다. 그 소음은 우리가 황룡을 타고 다가가는 동안 더욱 커졌다. 산 너머로 저무는 태양의 마지막 빛줄기가 고층 건물 숲을 비추었다. 밤이 깊어갈수록 네온 빛을 뿌려놓은 듯한 거리에 인파가 넘실거렸다. 마치 꽉꽉 들어찬 건물이 사람을 싹 다 토해 낸 듯했다. 그림자 아래의 군중들은 무릎을 꿇고 계속해서 절을 해댔다. 다른 마을과 도시로부터 우리가 장안으로 다가가고 있다는 소식을 전해 들은 것이다.

나는 일단 백호의 조종석에서 이치를 꺼낸 다음, 나머지 크리살리스들은 주 지방에 놔두고 왔다. 그들은 나중에 처리할 생각이었다.

내가 한 일을 되돌리기엔 너무 늦어 손쓸 수가 없게 된 다음에 말이다.

독고가라와 양견은 이 상황이 지긋지긋하다는 태도를 보였다. 게다가 이치와 나는 그들 덕분에 살았으니 빚을 진 셈이기도 했다. 적어도 그 둘은 나를 막지 않으리라는 믿음이 있었다. 하지만 그들이 걸어서 수-당 국경으로 돌아왔을 때는 내가 이미 개황 망루를 부순 뒤일 것이다.

망루에 누가 있을지는 신경 쓰지 않았다. 전략가들이 저들 말처럼 똑똑하다면 내가 악당이 되어버린 순간 탈출했을 테니까.

우아하지 않게 행동하는 것이 나의 전략이었다. 모든 권력 기관을 파괴하고 혼란에 몰아넣어 사람들이 새로 나타난 가장 큰 권력에 복종할 수밖에 없게 만들 것이다.

그 권력이란 바로 나다.

황룡의 그림자가 위강 위로 미끄러져 내려갔다. 저 아래에서 우리에게 애원하며 흐느끼는 군중을 두고, 우리는 도시를 굽어보는 산에 자리잡은 성현궁으로 곧장 다가갔다. 처음 호버크래프트를 타고 여기 왔을 때 성현궁을 노려보았던 기억이 났다.

저곳을 보며 내게 권력이 있었다면 얼마나 좋을까 생각했었지. 이제 나는 그때의 내가 꿈꿨던 모든 일을 할 예정이었다.

"무 조종사!"

성현궁 안에서 거칠거칠한 목소리가 울려 나왔다. 궁에 달린 스피커들을 죄다 켠 모양이었다.

"예를 갖추어 무황제라고 불러라!"

나는 힘들이지 않고 더 큰 목소리로 맞받아쳤다.

잠시 놀란 듯 침묵이 흐르다가 이내 목소리가 말했다.

"당장 하려는 일을 멈춰라! 네가 지금 무슨 짓을 하는지 생각해라. 그 행동의 결과가 어떨지 생각하라고!"

나는 그저 웃었다. 지금 대체—.

"천천!"

나는 공중에서 우뚝 멈추었다. 하마터면 고층 건물을 무너뜨려 그 아래 있는 수백만 명의 사람들을 죽일 뻔했다.

어머니의 목소리였다.

나는 온갖 건물과 탑이 어우러진 성현궁 한가운데로 시야를 확대했다. 그곳에는 불을 환하게 밝힌 거대한 안뜰이 있었다. 그곳에 어머니가 있었다. 우리 가족 모두가 한 무리의 병사들에게 붙잡힌 채였다. 성현 하나가 어머니의 입에 마이크를 대고 있었다. 그가 정확히 누군지는 알 수 없었다. 성현들은 다들 묵직한 예복 차림에 하얀 턱수염을 길게 기르고 있었다.

황룡 안에서 나의 영혼이 죄어들었다. 정말로 이런 일이 일어났다. 선택을 강요받게 된 것이다.

이건 내가 자초한 일이었다. 독고가라의 말이 옳았다. 내가 마수영의 말에 넘어가지 않았더라면, "동정심을 조금 베풀어보는 게 의외로 성공적일 수도 있답니다."라는 말을 듣지 않았더라면, 빌어먹을 우리 가족은 아직도 그 빌어먹을 국경 마을에서 안전하게 살고 있었을 텐데.

아니, 어쩌면 거기서 살고 있었더라도 성현들이 가족들을 이곳으로 잡아 왔을지 모른다. 만약을 대비해서 말이다.

내가 가족들에게 마음을 열지 않았더라면 지금과는 달랐을 것이다. 나는 망설이고 있었다.

나의 침묵이 길어지자 아버지가 마이크를 잡아챘다.

"제발 부탁이다……."

아버지는 울면서 사람들 틈에 섰던 남동생을 뒤로 밀었다.

"우리를 벌줘라! 하지만 이 아이는 안 돼! 이 아이는 우리 집안의 대를 이을 남자 아니냐!"

그 순간, 내 안에서 무언가가 산산이 부서졌다.

내가 멍하니 바라보는 동안, 남동생은 더욱 서럽게 흐느끼다가 비틀거리며 다시 부모님 사이로 들어갔다. 부모님은 마구 울면서 남동생을 다른 쪽으로 보내려 했다. 거대한 금속 용을 타고 수도를 점령하려는 못된 누나에게서 안전하게 피할 곳이 있기라도 한 듯이.

그래, 이게 부모님이 가지고 있던 능력이었다.

눈 하나 깜짝하지 않고 나와 언니를 팔아치웠으면서, 아들에게는 이토록 지극정성이었다.

더는 여기 있고 싶지 않았다. 저들을 보고 싶지 않았다. 생각하고 싶지 않았다. 저들에게 딸이란 그저 문밖으로 뿌려지는 물 같아서, 나는 언제나, 항상, 줄곧 무가치한 존재였다는 걸 기억하고 싶지 않았다. 장남과 비교당하고 싶지도, 이 현실을 확인하고 싶지도 않았다. 나의 혈육이 저런 사람들이라니. 저들을 무슨 일이 있어도 사랑하고 지켜주어야 하다니.

내가 지금 포기하지 않는다면, 저들은 나의 약점이 될까?

그런 삶은 대체 어떨까? 도구와 지렛대로 쓰이는 삶……. 그것도 남은 인생 내내.

그게 얼마나 끔찍한 건지 내게 가르쳐준 게 가족이었다.

그러니, 나는 진심으로 자비를 베풀 것이다. 그런 끔찍한 삶을 살지 않도록.

"미안한데, 걸리적거리거든."

나는 차갑게 대답했다. 언니의 재가 흩날리는 듯했다.

그리고 황룡의 발을 들어 성현궁 전체를 짓밟았다.

연기가 피어오르는 가운데 돌과 대리석, 검은 목재들이 꺾이고 부서졌다. 비명이 온 도시에 울렸다. 거대한 파편 덩어리가 산 아래로 굴러떨어지면서 아래 있던 사람들이 도망을 치기 시작했다.

하지만 아무런 감흥이 없었다.

나는 황룡의 눈으로 무너진 곳에서 솟아오르는 연기를 멍하니 바라보기만 했다.

오랜 시간이 흐르고 나서야 머릿속이 다시 천천히 움직이기 시작했다. 정신이 든 이유는 터무니없을 만큼 사소했다. 비명이 사방에서 배경음처럼 울리는 가운데 호버크래프트 한 대가 내 쪽으로 털털거리며 날아왔기 때문이었다.

나는 발톱을 들어 호버크래프트를 후려치려 했다.

"잠깐만!"

호버크래프트에 달린 스피커에서 목소리가 울렸다.

고구였다.

"잠깐만 기다려주십시오, 무 조종사님, 아니지, 죄송합니다, 아까 무황제라고 하셨죠?"

호버크래프트의 문이 열리면서 형광등 불빛이 찬란하게 빛나는 가운데 고구가 모습을 드러냈다. 검은 가죽 예복을 걸친 고구의 주위로 흐느껴 우는 어린 소녀들이 보였다. 뒤로는 병사 몇 명이 그를 호위하고 있었다.

너무나 끔찍하게도, 이 비열하고 역겨운 방식에 나는 솔직히 감탄하고 말았다.

성현들은 미리 알아두어야 했다.

나를 꼼짝 못 하게 하려면 이 정도는 해야지.

고구는 냉정하고 담담한 목소리로 말했다.

"자, 황제께서 무얼 하시려는지 잘 알겠습니다. 그리고 이젠 이 화하에 황제님을 막아설 것 또한 없다는 것도 알겠습니다. 그래서 저는 여기 제안을 하러 왔습니다!"

"제안이라니?"

나는 버럭 소리를 질렀다. 용이 뿜어내는 힘에 호버크래프트가 비틀거렸다.

"어이쿠, 우리 교양 있게 대화를 나누면 어떻겠습니까."

고구는 호버크래프트 천장의 손잡이를 잡고 매달린 채로 정신이 나간 듯이 웃었다. 소녀들은 더욱 비명을 질러댔고, 그 모습은 황룡의 입을 꾹 다물게 했다.

"좀 들어보시지요. 황제께서 나라를 다스리는 법을 배웠을 것 같진 않거든요. 그러니 상황이 통제할 수 없을 정도로 치닫지 않게 하려면 옆에서 누가 좀 도와줘야 할 겁니다. 저를 황제의 섭정으로 삼으시죠! 제가 상황이 잘 굴러가도록 도와드리겠습니다. 그리고 제 귀여운 다섯째 녀석, 이치에게도 황제님의 영상을 절대 보여주지 않겠습니다."

나는 그 자리에서 얼어붙고 말았다.

"영상이라니? 무슨 영상?"

이치가 조종실 안에서 소리쳤다.

"이치, 아무것도 아니야."

나는 재빨리 말했다. 하지만 내 목소리는 당당하지 못했다. 자기 아버지가 한 행동을 이치가 알 필요는 전혀 없다고 생각했었는데, 이건…… 정말이지 최악의 순간이었다!

안타깝게도, 나의 말은 고구에게도 들렸다.

"아, 그렇지. 아무것도 아니긴 합니다. 황제께서는 내 아들에게 아무 말씀도 안 하신 것 같으니까요!"

그가 어찌나 즐거운 표정으로 말하던지 분노가 솟아올라 하마터면 황룡의 발톱으로 호버크래프트를 후려칠 뻔했다.

하지만 소녀들을 보며, 나는 다시 분노를 삼켰다. 내가 제아무리 비정하다 해도, 맨정신인 상태에서는 할 수 없는 일이 있었고, 고구는 그것이 무엇인지 추측해 왔으니까.

사실 속으로는 비명을 지르고 있었다. 어째서 황룡은 그저 토형이기만 한 걸까. 토형 크리살리스만이 유일하게 기 공격을 할 수가 없었다. 만약 다른 유형의 크리살리스였다면 정확하게 고구만을 겨냥해 기습을 시도할 수 있었을 텐데.

고구는 계속 지껄였다.

"거기 제 아들도 있죠? 아주 좋군요! 아들아, 잘 지냈느냐! 내가 무슨 영상을 찍었는지 알면 깜짝 놀랄 거다!"

"저게 무슨 소리야?"

이치의 어조가 날카로워졌다. 나는 으르렁대며 말했다.

"나중에 설명해 줄게! 지금은 내가 알아서 하게―."

그때, 고구가 비웃었다.

"나중이라고? 무 황제님, 저의 제안에는 시간제한이 있습니다. 앞으로 10초 안에 대답하지 않으신다면 어찌 될지 저도 장담을 못 드리겠는데요."

호버크래프트가 뒤로 멀어지기 시작했다.

"날 내보내줘! 내가 아버지와 말해 볼게!"

이치가 갑자기 힘차게 소리쳤다.

"이치, 이건 네가 끼어들―."

"내가 할게."

이치의 말투가 너무나 차가워서 내 심장은 찢어질 것만 같았다.

이미 무너져버린 내 세상이 한층 더 산산조각 난 기분이었지만, 이치가 원치 않을 때 그를 가둬둘 수는 없었다.

나는 영혼에 구멍을 내는 기분으로 황룡의 이마에 출입문을 냈다. 이치는 황룡의 긴 주둥이 위로 나와 사납게 몰아치는 황혼의 바람 속으로 나아갔다.

"아버지!"

이치는 손목 기기로 고구를 불렀다.

"아들아!"

호버크래프트가 다시 돌아왔다. 고구는 손목 기기를 켜고서 말을 이었다.

"네 친구 황제님께 잘 말씀드리거라. 무엇이 화하를 위한 일인지 잘 생각……."

그 순간, 노란빛을 띤 초록색 광선이 공중을 갈랐다.

나의 기 흐름이 일시 정지했다. 심지어 내 머릿속에서 반쯤 잠든 상태였던 진정도 깜짝 놀라 몸을 홱 틀었다.

이치의 펄럭이는 소맷자락 아래로 광선이 뻗어갔다. 그의 폐부 깊숙한 곳에서부터 전투적인 고함이 솟았다. 토기로 보강된 뜨거운 목기가 총의 형태를 이루어 이치의 손가락에서부터 발사되었다. 그 기는 대기를 가르고 뻗어 고구의 가슴에 맞았다. 바람결에 살 타는 냄새가 미약하게 실려왔다.

이 모든 게 3초 만에 이루어졌지만, 충격의 여파는 평생 갈게 분명했다. 비명을 지르는 어린 소녀들은 까맣게 탄 형체만 남은 고구의 시체로부터 허둥지둥 물러섰다. 그의 부하들도 기겁하긴 마찬가지였던 터라, 그만 시체를 발로 차서 호버크래프트에서 던져버렸다. 고구의 몸뚱이는 도시 아래로 추락하더니 아무 지붕에나 맞고 튀어 올랐다. 그 모습에 사람들은 다시금 비명을 질러댔다.

이치는 몸을 구부리고 숨을 헐떡였다.

이윽고 돌아선 이치의 눈빛은 노란색과 초록색으로 동시에 빛나고 있었다. 그의 얼굴에 서린 경혈도 같은 색이었다. 코에서 피가 뚝뚝 떨어지자, 이치는 엄지로 윗입술을 닦았다.

"난 널 믿어."

그의 목소리는 냉정하고 담백했다.

이치는 허리띠를 홱 풀고는 예복을 벗었다. 하나둘씩 별빛이 떠오르는 하늘을 바탕으로 예복 자락이 펄럭였다.

이치가 맨몸에 두른 나의 주작 아머 조각이 빛났다. 문신을 새긴 등에는 척추를 따라 흐르는 핏줄처럼 보호대가 달려 있었다. 어깨와 팔에 찬 아머 조각은 마치 찢겨나간 새의 사체처럼 보였다.

그때 내 머릿속에서 이글거리며 떠오르는 말이 있었다. 폭풍의 도련님.

고구가 이런 말도 안 되는 호칭으로 이치를 선전했을 땐, 오늘 같은 일이 일어나리라고는 상상조차 하지 못했을 것이다.

이치는 숨을 거칠게 몰아쉬며 손목 기기에 대고 소리쳤다.

"고 기업 직원들은 들으십시오! 새로운 제안을 하겠습니다. 우리를 거역하면 여러분은 물론이고 가족까지 모두 죽을 겁니다! 하지만 우리를 따르면, 현재 누리는 것보다 더 많은 것을 얻게 될 겁니다!"

호버크래프트에 타고 있던 직원들은 당황한 눈빛을 주고받았다.

그러더니 흐느끼는 소녀들 사이로 무릎을 꿇었다.

"자, 이제 나를 따라 하십시오. 철의 미망인 만세!"

이치는 하늘을 가리키며 소리쳤다.

"철의 미망인 만세!"

그들의 맹세가 호버크래프트의 스피커에 울려 퍼졌다.

이치는 손끝으로 손목 기기를 조작하더니 고개를 갸웃거리며 나를 쳐다보았다.

"내가 방금 2,600억 원을 상속받은 것 같아."

지금 내 감정을 그나마 가장 잘 표현한 건 음양의 영역에 있는 진정의 표정이었다. 눈썹을 찌푸린 채 눈을 가늘게 뜬 진정은 입을 떡 벌렸다. 그러더니 눈을 깜빡이며 고개를 저었다.

"잠깐만, 물가가 대체 얼마나 오른 거야? 2,600억 원이라니. 그거 큰돈인 건 맞지?"

나는 걷잡을 수 없이 웃고 말았다. 나의 웃음소리는 황룡 바깥까지 울렸다. 웃음은 언제까지고 멈추지 않을 것 같았다. 이치는 급히 조종실로 돌아와야 했다. 자칫 흔들리는 황룡에서 미끄러져 추락할지도 몰랐으니까. 슬픔, 흥분, 분노와 안도, 그리고 고통과 황홀함까지 온갖 감정이 회오리바람처럼 나를 관통했다.

오늘 하루가 어땠던가.

이번 한 달이 어땠던가.

인생이 어떻게 이럴 수 있나.

나는 태어났을 때부터 지금껏 수없이 거짓말을 듣고 살았다. 내가 친절하지도 않고, 사려 깊지도 않고, 겸손하지도 않다고. 부끄러운 줄도 모르고 예쁘지도 않고 사근사근하지도 않다고. 주변 사람들의 기대에 부합하지도 못하니, 살아갈 자격이 없다고 말이다.

그건 다 정치 선전이다. 내가 망가진 전족으로 다른 사람들을 쫓아다니며 그들의 인정을 갈구하게 만드는 정치 선전. 남의 아래에서 착한 하녀가 되는 것만이 내게 합당하고 자랑스러운 자리인 것처럼 몰아가는 정치 선전.

하지만 이제 나는 진실을 알게 되었다.

이 세상은 나의 존중을 받을 가치가 없다. 친절함이나 동정심을 베풀 만한 대상이 아니다.

마침내 정신을 차린 나는 저 아래에서 통곡하며 무릎을 꿇은 군중을 바라보았다. 저들에게 내가 세울 새로운 세계 질서를 받아들이게 하는 일은 어려울 것이다. 장안을 점령했다고 해서 온 화하가 나의 것이 되지 못한다는 것도 안다. 하지만 이건 시작일 뿐이다.

"아무도 손대지 않는 숲속의 오두막에 가서 살자며? 여긴 오두막이라고 보기엔 너무 과한데?"

나는 이치의 귀에 들릴 정도로만 중얼거렸다.

이치가 말했다.

"숲속의 오두막 따위 됐다고 해. 우리 함께 세상을 다스리자."

에필로그

아직 황룡을 탄 채 나는 재로 가득한 골짜기에 내렸다. 바로 황제
급 혼돈과 싸웠던 전쟁터였다. 주 지방에 돌아온 데는 세 가지 이유
가 있었다. 첫째, 재충전을 해야 했다. 둘째, 군대를 처리해야 했다.
셋째, 세민을 집으로 데려가야 했다.

하지만 기대는 산산이 부서졌다.

"무슨 소리예요? 그들이 세민이를 데려갔다뇨?"

나는 백호에게 소리쳤다. 독고가라는 백호의 입을 통해 말했다.

"진짜라니까! 갑자기 거대한 호버크래프트가 불쑥 나타났다고!
말 그대로 공기 중에서 갑자기 생겨난 것처럼 말이야. 그러더니 이
곳으로 내려왔어. 우리가 급하게 그쪽에 도착했을 때는 이미 가버리
고 없더라고. 게다가 주작의 머리 부분도 없어졌고!"

머릿속이 빠르게 돌다가 결국 어떤 생각을 떠올렸다.

"혹시 그게, 신들이었을까요?"

"내 말이 그거야. 신이 아니면 뭐겠어?"

"하지만 신들은 절대로 모습을 드러내지 않잖아요! 인간사에 개입하지 않는다고요! 신들은—."

그 순간, 황룡의 목소리를 가로채는 힘이 있었다.

"신들은 내가 도움이 필요할 때 절대로 도와준 적이 없었어!"

진정이 분노에 찬 고함을 질렀다. 그가 잠에서 깨어난 후 황룡을 통해 말한 건 이번이 처음이었다.

백호를 비롯하여 뒤에 있던 몇몇 크리살리스가 우리를 멍하니 쳐다보았다. 저들은 200년 전 죽음의 문턱에 이르렀던 진시황제가 살아 돌아왔다는 사실을 완전히 받아들이지 못한 것 같았다.

점점 강력해지는 진정의 영혼이 느껴졌다.

앞으로 얼마나 그를 이용할 수 있을지…… 알 수 없었다.

그때였다. 황룡의 조종실에서 전자음이 울렸다. 나는 독고가라의 말을 어떻게든 이해해 보려다가, 잠시 생각을 멈추고 손목 기기를 확인하러 황룡으로 돌아갔다. 나는 이치와 계속 통신을 주고받기 위해 라디오 장비 트럭을 미리 옮겨 놓았다. 이치가 전화한 것이라면, 장안에 급한 일이 생긴 게 틀림없었다.

화면이 켜지며 이치의 다급한 표정이 보였다.

"측천아! 전부 다 거짓말이었어! 모든 게 다 거짓이었다고!"

나는 당황해서 눈을 깜빡였다.

"그건 나도 아는—."

"아니, 조종사 시스템 이야기가 아니야! 이 행성 말이야! 이건 우리 지구가 아니야!"

"뭐……?"

나는 차마 말을 잇지 못했다. 음의 조종석에 있던 진정이 거칠게 몸을 비틀며 이쪽을 주시했다.

이치는 너무 흥분한 나머지 말하기도 힘겨워 보였다.

"내 직원들이 성현궁의 잔해 속에서 찾은 석영 드라이브에 담겨 있던 문서를 복구했어. 혼돈이 우리의 옛 문명을 파괴했다는 역사 자체가 사실이 아니었어! 우리 선조들이 이 행성에 버려졌던 거야! 혼돈은 이 행성의 원주민이었지, 침략자가 아니—!"

그 순간, 화면이 깜빡이더니 까맣게 변했다. 그리고 굵은 하얀색 글자가 천천히 흘러가기 시작했다.

무측천에게
네가 계속 네 마음대로 행동한다면
천상에서는 지상에 개입할 수밖에 없게 되리라.
그러나 우리는 너의 힘을 인정하기에, 제안을 내리노라.
성현들처럼 우리의 명령을 계속 따라준다면
네가 잃어버린 것을 돌려줄 방법이 있도다.
하지만 우리에게 반항하거나 진실을 드러내려 한다면,
모든 것을 잃게 되리라.

화면에 색이 돌아왔다. 기포 가득한 액체가 채워진 원통형 수조를 촬영한 흐릿한 영상이었다. 그 안에 들어 있는 무언가의 위쪽으로 온갖 관과 선들이 달려 있었다.

그것은 묵직한 검은색 산소마스크를 쓰고 있었다. 살갗이 벗겨져 다 드러나고 부서진 갈비뼈 사이로 천천히 뛰는 심장과 느릿느릿 호흡하는 폐가 보였다. 그밖에는 아무것도 없었다.

사람처럼 보이지 않았다.

하지만 나는 그 짧은 머리를 알아볼 수 있었다. 움푹 들어간 눈매도 알고 있었다.

어떤 잡음이 머릿속을 스치고 지나갔다. 금형 황제급 혼돈의 울부짖는 소리였다.

"인간들…… 우주의 재앙……."

그 기억이, 수형 황제급 혼돈의 고통과 슬픔과 분노가 나를 찢을 것처럼 내리쳤다. 혼돈 유충이 가득한 산이, 부서진 채 김을 모락모락 풍기는 잔해가 감은 두 눈 사이로 들어왔다. 제아무리 도망치려 해도 피할 수 없는 악몽처럼 그 장면은 이 끔찍한 희망과 이어졌다.

나는 머리를 쥐어뜯으며 비명을 질렀다.

※ 다음 권에서 계속

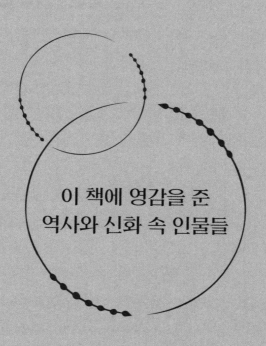

이 책에 영감을 준
역사와 신화 속 인물들

측천무후
624~705년

당나라 고종 이치의 황후이자 무주의 황제.
중국의 유일무이한 여황제이며, '무측천'이라고 불리기도 한다. 당 고종
의 아내가 되기 전에는 당 태종, 이세민의 후궁이었다. 후궁으로서 총애
받지 못한 그녀는 대신 고종의 눈을 사로잡을 계획을 세웠고, 고종이 병
을 자주 앓기 시작하면서 오랫동안 그를 대신하여 통치했다. 고종이 죽
은 직후, 고종의 아들을 폐위시키고 자신이 황제임을 선언했다. 공포정
치를 했다는 비난과 민생을 보살펴 나라를 훌륭히 다스렸다는 칭송을
동시에 받는다.

장이치
?~705년

측천무후의 남성 첩으로, 하얗고 아름다운 피부를 가졌으며 노래를 특
히 잘 부른다고 알려졌다. 측천무후 후기, 이치와 그의 형제는 신임을
얻어 정사를 맡기도 했지만 신룡정변이 일어나 사망하였다.

이세민
598~649년

당 태종 이세민((唐 太宗 李世民).
수 양제 양광이 벌인 고구려와의 전쟁과 대토벌 공사로 피폐해진 수나
라 말기의 혼란기를 평정하고 당 건국에 지대한 공로를 세웠으며, 뛰어
난 정치가이자 전략가로 당 왕조의 부흥기를 이끌었다.

혼돈

중국 고대 신화에 등장하는 여섯 개의 다리와 네 개의 날개를 지닌 존
재. 천지만물이 형성되기 전의 원초적 상태를 의미한다. 숙이라는 남해
의 제왕과 홀이라는 북해의 제왕이 어느 날 혼돈에게 환대를 받아 그 은
혜를 갚기 위해 의논을 한 결과 "모든 사람이 다 7개의 구멍(이목구비)
을 가지고 있는데 혼돈에게는 이것이 없기 때문에 구멍을 뚫어주자."
라고 하여 실행에 옮겼다. 그러자 혼돈은 하루에 한 개씩 구멍을 뚫을
때마다 점점 약해지더니 일곱 개의 구멍을 뚫은 이레째 그만 죽고 말았
다고 전해진다.

형천

중국 신화 속에 등장하는 신.
황제와 싸우다 목이 잘린 형천이 죽지 않고 목을 찾아다니자, 황제가 땅
속으로 형천의 머리를 집어넣어 버렸다. 결국 목을 찾을 수 없다는 것을
깨달은 형천은 이후 유두가 눈으로, 배꼽이 입으로 변하고 말았다.

사마의
179~251년

중국 삼국시대 위나라의 정치가.
결단력 있고 신중한 성격으로 병법에 능했다. 위나라의 군대를 이끌어 그의 일생 최대 라이벌인 제갈량과 치열한 지략 싸움을 벌였으며, 결국 제갈량의 북벌을 막아내는 데 성공한다.

제갈량
181~234년

중국 삼국시대 촉한의 정치가.
그의 능력은 하늘에 비바람을 불러일으킬 정도로 대단하다고 전해지나, 기후와 지리에 뛰어났던 그의 해박함에서 비롯된 말로 추측된다. 뛰어난 인재를 들이기 위하여 참을성 있게 노력한다는 뜻의 '삼고초려'는 유비가 제갈량의 오두막을 세 번 찾아가 모셔온 일에서 유래하였다. 제갈량의 업적은 소설 〈삼국지〉에 의해 과장되고 신화화된 측면이 많다.

독고가라
543~602년

수나라 초대 황제 양견의 부인.
강렬한 성품으로 양견의 정치적인 조언자였으며, 양견에게 자신이 아닌 다른 여인과 자식을 낳지 않겠다고 맹세를 시킬 정도로 첩에 대한 견제가 심했다.

마수영
1332~1382년

명나라 초대 황제 홍무제 주원장의 부인.
그녀는 전족을 하지 않았는데, 어린 시절 부모를 잃고 돌봐줄 사람이 없었던 것이 그 이유로 보인다. 당시에는 발이 작은 여자가 미인이었기 때문에 발이 큰 것이 부끄러웠던 마수영은 치맛자락에 항상 발을 감추고 다녔다고 한다. 고아 출신이었던 남편 주원장을 명나라 황제로 만드는 데 지대한 공헌을 하였다.

소숙비

당 고종 이치의 후궁으로, 황제의 총애를 받았으나 당시 후궁이었던 측천무후의 계략으로 죽고 만다. 죽음을 앞둔 소숙비가 측천무후에게 "다음 생엔 고양이로 환생하여 쥐가 된 너를 물어 죽이겠다."라며 저주를 하여 황실에서는 고양이를 키우지 않았다고 전해진다.

아이언 위도우

죽음을 삼킨 여자 2

1판 1쇄 인쇄 2023년 3월 15일
1판 1쇄 발행 2023년 3월 22일

지은이 쟈오 재이 시란
옮긴이 심연희

펴낸이 김영곤
융합1본부장 문영　**책임편집** 이신지　**융합1팀** 정유나 오경은 이해인
디자인 박숙희 임민지　**교정교열** 임지은
아동마케팅영업본부장 변유경
아동마케팅1팀 김영남 황혜선 이규림 황성진
아동마케팅2팀 임동렬 이해림 안정현 최윤아
아동영업팀 한충희 오은희 강경남 김규희
해외기획실 최연순 이윤경　**제작팀** 이영민 권경민

펴낸곳 (주)북이십일 아르테
출판등록 2000년 5월 6일 제406-2003-061호
주소 (10881) 경기도 파주시 회동길 201(문발동)
대표전화 031-955-2100　**팩스** 031-955-2151
홈페이지 www.book21.com

ⓒ 쟈오 재이 시란, 2021

아르테는 (주)북이십일의 문학 브랜드 입니다.

ISBN 978-89-509-8958-3 (04840)
ISBN 978-89-509-6531-0 (04840) (세트)

옮긴이 **심연희**

연세대학교와 동 대학원에서 영문학을 공부하고, 독일 뮌헨 대학교 LMU에서 언어학과 미국학을 공부했다. 현재 영어와 독일어 전문 번역가로 활동 중이며 다수의 저서를 옮겼다. 그중 대표작으로는 《아웃랜더》,《미드나잇 선》,《레슨 인 더 캐미스트리》 시리즈 등이 있다.